让梦想开花

蒋光平 著

民主与建设出版社
·北京·

© 民主与建设出版社，2020

图书在版编目 (CIP) 数据

让梦想开花 / 蒋光平著 . —北京：民主与建设出版社，2020.2
 ISBN 978-7-5139-2888-5

Ⅰ．①让… Ⅱ．①蒋… Ⅲ．①散文集—中国—当代 Ⅳ．① I267

中国版本图书馆 CIP 数据核字（2020）第 007732 号

让梦想开花
RANG MENGXIANG KAIHUA

著　　者	蒋光平
责任编辑	周佩芳
封面设计	陈　姝
出版发行	民主与建设出版社有限责任公司
电　　话	（010）59417747　59419778
社　　址	北京市海淀区西三环中路 10 号望海楼 E 座 7 层
邮　　编	100142
印　　刷	唐山楠萍印务有限公司
版　　次	2020 年 7 月第 1 版
印　　次	2020 年 7 月第 1 次印刷
开　　本	710 毫米 ×1000 毫米　1/16
印　　张	12.75
字　　数	200 千字
书　　号	ISBN 978-7-5139-2888-5
定　　价	49.80 元

注：如有印、装质量问题，请与出版社联系。

让梦想开花（自序）

爱好写作，是从小就养成的习惯，也可以说是个嗜好吧，就像有的人爱好抽烟，有的人爱好喝酒一样，我却对写作情有独钟。

最初对写作感兴趣是在读小学四年级的时候。那天语文课上，当老师把我写的一篇作文当成范文，在课堂上当着全班同学的面朗读的时候，我小小的虚荣心得到了极大的满足。要知道，对一个平时连语句都写得不是太通顺的小学生来说，这篇作文能得到老师的认可是多么的骄傲和激动。因为这篇作文，我渐渐地对写作不再那么的恐惧和厌恶，反而慢慢对写作产生了兴趣，渐渐地在心里埋下了一颗关于写作的种子，希望有一天能生根发芽，开花结果。

真正激发我爱上写作并走上写作这条路却是在进入大学以后。2002年，高中毕业后我考入了一所师范学院的中文系，进入大学后，业余时间相对高中多了许多，虽然我的语文成绩不怎么好，但我一直有个比较好的习惯，就是爱读书看报。大学四年，我的业余时间基本上是在图书馆度过的，每当读到优美的词语或句子时，我便会随手摘抄在笔记本上，然后隔段时间拿出来看看，久而久之，我的写作能力潜移默化地得到了一定程度的提升。有一天在图书馆，无意中看到某杂志有个面向大学生征文的栏目，抱着试一试的心态，我随手写了篇文章寄过去，当时也没抱多大的希望，时间久了，这件事也渐渐地淡忘了。但大约过了两三个月后，我很意外地收到了该杂志社寄来的样刊，这让当时的我喜出望外，要知道在当时，我们中文系还没人发表过文章，我应该是我们班第一个公开发表文章的人，这在当时引起了小小的轰动。那篇文章，应该算是我的一篇处女作吧，至今还保留在我的书柜里。不久后，我又收到了该杂志寄来的稿费，60块钱，钱虽然不多，但却是我的第一笔稿费啊，用父亲的话说，60块钱，可以买十来斤猪肉了呢。我清楚地记得，领到稿费那天，同宿舍的兄弟非要闹着我请客。那晚，用这60块钱，我们在学校外面的大排档痛痛快快地度过了一个不眠之夜。现在想来，那是我一生中最难忘、最快乐的一段时光。

有了第一篇稿子发表后，大大激发了我的写作热情，后来，我每周都要坚持写2~3篇稿子，然后向全国各地的报刊投稿。随着我写的稿子越来越多，发表的稿子也越来越多，稿费单也源源不断地像雪花一样的飞来。读大三的时候，我几乎每月都有千把块钱的稿费收入，已基本上可以靠稿费生活了，不用家里再给我寄生活费了，这在一定程度上减轻了家里的负担。在我的带动下，班上很多同学都爱上了写作，他们还要拜我为师，叫我传授下写稿投稿的技巧，我也毫不保留地将我的一些经验传授给了他们。渐渐地，班上发表文章的同学越来越多，这在校园内引起了很大的轰动，并引起了学校领导的重视，当地晚报对这一现象还专门进行了报道。

直到大学毕业，我发表的文章差不多有300篇，稿费也有2万余元，这在当时，也算是个不小的数目了。我在大三时就加入了市作家协会，后来又加入了省作家协会，并于2013年12月参加了在成都巴金文学院举办的青年作家培训班，还在培训会上做了交流发言，所提交的交流作品得到了四川省作协主席、茅盾文学奖获得者阿来的肯定。

　　大学毕业时，广东的一所学校到四川来招聘老师，我把自己大学几年来发表的几百篇作品的原件和复印件整理好，连同简历一起投了过去，几百篇文章光是复印件就足有几斤重，当时负责招聘的老师看到小山一样的作品复印件，被震惊得目瞪口呆，足足半分钟才缓过神来，二话不说，直接和我签了合同。后来我到离家乡千里之远的广东湛江，选择当了一名高中语文老师，在繁忙的教学工作之余，我并没有放弃写作这一爱好，当别的老师在酒桌上、牌桌上消遣娱乐时，我却每天早上6点起床，看一个小时的书，然后备课上课，当晚上夜深人静，别人都早早休息时，我却一个人独自面对电脑，敲敲打打到深夜。

　　上天对每个人都是公平的，你付出了多少，你就会收获多少。由于我的勤奋与坚持，几年下来，我的写作能力得到了进一步的提升，发稿也越来越顺利，据不完全统计，近几年，我在《人民日报》《国际日报》（美国）《中华日报》（泰国）《千岛日报》（印度尼西亚）《越南华文文学》（越南）等国内外数百家报刊发表文章1000余篇，稿费数万元，并获得第三届广安市文艺界最高奖"广安文艺奖"，首届华蓥市文艺界最高奖"华蓥文艺奖"以及广安日报"川东周末文艺奖""四川省报纸副刊好作品奖"等各类奖励，奖金共万余元。当然，这些收入并不是太多，但却是对自己写作能力的肯定，让自己在获得了一定的经济收入的同时，更让自己的内心变得丰盈起来，生活也变得越来越充实。

　　后来，我喜欢写作这一爱好，逐渐被身边的亲戚朋友同事领导所知晓，大家都觉得这一爱好比打麻将、上网打游戏要好，纷纷称我为"大作家""文化人"。突然有一天，一位朋友对我说："蒋老师，你写作这么厉害，一年发表了那么多稿子，赚了那么多稿费，为什么不给我们这些文学爱好者辅导辅导，让我们也发表点文章，沾点文艺气息，顺带还能赚点稿费呢？"

  在朋友的提议下，2017年6月，我在网上开办了妙笔写作培训网校，主要辅导热爱写作的朋友在报纸杂志上发表文章，截至2019年底，培训班已成功开办三期，共辅导100多名来自全国各地的学员在各级报纸杂志发表文章1800余篇，帮助很多学员实现了发表文章的梦想，不少学员成功加入了各级作家协会。

  坚持写作这么多年，它不仅让我额外赚了点小稿费，而且帮助很多同样热爱写作的朋友实现了发表梦想，更重要的是写作让我们的心灵变得充实而温暖，生活变得平静而美好。但写作也是一项非常辛苦的工作，需要耐得住寂寞，守得住清贫。写作路上有苦有甜，说它苦，是因为写作需要坚持不懈的努力，需要付出常人难以想象的艰辛和汗水。说它乐，是因为写作能给我们带来一些意想不到的收获，文章发表后，除了能让我们获得精神上的满足外，还可以得到一笔小小的稿费，从而感觉自己的努力没有白费。写作路上没有什么捷径可寻，只有那些在写作这条道路上风雨无阻坚持下去的人，才能最终走向成功，让自己的梦想开出花来。

目　录

第一辑　恋恋红尘

爱上一座城　002

如水思念　004

1979年的爱情　006

一条围巾的温暖　009

缝在布鞋里的爱　011

写给苦难的母亲　013

母亲的腊月　015

一米五的父爱　017

端午忆旧　019

笔友　021

曾经的"卡样年华"　024

和"情敌"交朋友　027

风筝的思念　030

红玫瑰　白玫瑰　032

第二辑　围城内外

婚姻年检　036

蒜味人生　038

三八节，我为老婆做顿饭　040

错爱　042

01

家有"偷菜妻"　044
爱情里没有孰强孰弱　046
"二手"的女人"一手"的爱　048
给老婆美容　050
我的"低碳"国庆周　053
接父母来城里过国庆　055
重阳节给母亲买新衣　057
"家庭报"办出的温暖　059
围炉过年　061

第三辑　心灵感悟

真正的上帝　064
做自己的伯乐　067
做一粒醒目的红豆　069
遗失的种子也会开花　071
自卑也美丽　073
总有盏灯为你点亮　075
幽树多花　078
做一株能低头的麦穗　080
不做梦想的羽毛　082
破掉的瓦罐　084
写好人情这篇大文章　086
不比较才快乐　088

第四辑　流年碎影

照张相片过个年　092
借肉过年　095

有钱没钱，回家过年　097
乡村的年味　100
怀念童年开学的日子　102
留在青春的记忆　104
云中谁寄锦书来　108
陪学生一起高考　110
那年一起听春晚　112
萤火虫照亮的童年　114
先生姓杨　116
冬季有书不觉寒　118
难忘的汇款单　120
借车相亲　122
难忘那年国庆"打牙祭"　124
愧疚　126
又到八月桂花香　129
菜花深处是故乡　131
在巴金文学院的日子　133

第五辑　谈指吮食

家乡的醪糟　140
秋来蟹肉香　142
丑丑的泥鳅，美美的味　144
舌尖上的春天　146
春来荠菜香　148
桂花糕　150
秋季吃藕正当时　152
在越南吃毛鸭蛋　154

03

年糕　156
温情腊八粥　158
腊肉飘香　160

第六辑　无关风月

开家打铁铺　164
半块月饼过中秋　166
过个"低碳年"　168
百度自己　170
一包瓜子仁　172
收藏稿费单　174
带份愉悦开车　176
在古诗中约会春天　178
老总秘书　180
地笼捕鱼乐趣多　182
父亲的收藏　184
拜年　187
我用稿费游世界　189
人生有梦书相伴　191

遇见更好的自己（后记）　193

第一辑　恋恋红尘

爱上一座城

爱上一座城，如同爱上一个人。

不是因为那里有让人流连忘返的名胜古迹，不是因为那里有耸入云霄的摩天高楼，也非缘于那里有取之不尽的黄金遍地。那可能是大雪纷纷的北国，也许是烈日炎炎的南域，它可能不富裕，也许不美丽，但却让你心旷神怡。

许久以来，我都在寻找一个理由，来说明自己为什么居然会对一座城市有一种如此深厚的说不清道不明的眷恋。后来，终于在思念中了解，在深爱中明白，原来，最最让人难以释怀的不是缘于那座城，而是因为那里有一份让人斩不断的相思、忘不掉的牵挂。

朋友大学毕业后本可以凭借不错的条件在大都市里找到满意的工作，但她却去了一座偏远落后的小城。朋友们都为她叹息，但她却感到无比幸福和满足。她说，她爱那座城，但更爱那个人，是因为那个人让她选择了那座城。

原来，其实你真正在乎的并不是那座城，而是那里有让你牵肠挂肚朝思暮想的一个人。你也许从未到过一座城市，但却对那里的大街小巷的名字耳熟能详，对那里的山川河流了如指掌。

这也许是对"爱屋及乌"的另一种注解，这也许是对"人生自古多情痴，此事无关风与月"的又一种诠释，这也许是那"醉翁之意不在酒"的时尚感悟。

谁让生命如此多情？守候的容颜如莲花开落，顾盼的身影如日月交替，像绕梁三日的音乐，割舍不下，排解不去。这便是思念，而爱上那座城便是这思念的寄托。

爱上一个人，亦如爱上一座城。我总这样认为。

如水思念

　　喜欢一个人，在黄昏的时候，捧一杯香茗，静静地坐着，什么也不想，什么也不做，独自望着天空痴痴地发呆。天边夕阳映红了晚霞，屋子里刘若英依旧在唱一首很忧伤的歌："后来，我总算学会了如何去爱，可惜你早已远去消失在人海；后来，终于在眼泪中明白，有些人，一旦错过就不再……"

　　此时，一群飞鸟从窗前掠过。一种叫做思念的东西便如期而至，拨动着柔软的心弦，偶尔的微风拂过，都可能将心底关于你的记忆统统泛起。

　　那天，就是在这样的黄昏时分，不经意地想起了你，想起了我们的过去……

　　那是个香山红遍的季节，一个多梦的时节，仿佛一夜间，后山上所有的叶子全红了。那次，我们就这样漫步于香山红叶之间，漫步于青春年少的梦的边缘。那天，我第一次感到了天是如此的蔚蓝，水是如此的缠绵，偶尔的一片叶子落下，竟也是那么的浪漫。第一次知道，什么是相思，什么是期盼。我知道，这一切全都缘于你的出现。

　　回来的路上，天突然下起了雨。当时，你我都没有打伞，任凭秋雨中浪漫的感觉把你我包围。"我会为你守住一生的秋季，一生的浪漫，一生的……"那天，你就这样专注地讲着，而我，只是偷偷地笑着，心中却有一股淡淡的幸福蔓延开来，让我在深秋的寒风中感到了一种从未有过的温暖。

　　过后，你往我的邮箱里发邮件，告诉我那天你过得很快乐，告诉我以后每年的这个时候我们都要到后山上去看红叶……

　　一段尘封的往事总会被开启，一切的故事总会走向它的结局。时光悠悠荡荡，想后来我们怎么就断了联系？想当时幸福就在手，而自己为什么不懂去珍惜？想自己为什么那么粗心大意？

　　此刻，又是一个香山红遍的季节，又是一年中多梦的时节，而我，却不再属于这个世界，如同那片随风飘落的红叶，早已失去了它的季节。

　　远方的你，今天好吗？是否也会在某个时候不经意地把我想起？是否也在欣赏这落英的美丽？摘一片这香山的红叶寄给你，告诉你我真的想你，如果你仍在意，请告诉我你的归期，再大的雨我都会去接你。

1979 年的爱情

1979 年，父亲从部队转业回来，那时父亲已经二十五岁了。二十五岁的年龄，在上个世纪的农村对于一个还未娶亲的大男人来说，确实是件棘手的事。虽然父亲长得一表人才，可无奈家境贫寒，人家给说了几门亲，不是别人嫌弃父亲家里太穷就是说父亲年龄太大了。几次下来，父亲渐渐地对此失去了信心，发誓以后再也不去相亲了，这可急坏了一心想抱孙子的爷爷和奶奶。后来他们又陆续托人给父亲介绍了几门亲事，结果仍然是因为种种原因而宣告失败。

后来，一次偶然的机会父亲认识了母亲。那时母亲刚刚高中毕业，此时的母亲可是花一般的年龄啊！方圆数十里，就数母亲最漂亮。父亲第一眼见到母亲那一刻就知道，母亲就是他一直以来所要等待的那个人了。后来的日子，父亲和母亲渐渐熟悉了起来，交往也越来越深。后来，作为党员的父亲要被村里派到县里去学习一个月，母亲就起早摸黑地用两天时间熬夜赶做了两双布鞋。两天来，母亲一直未曾合过眼，那一针一线里都是母亲对父亲的绵绵情意啊！鞋做好了，在有月亮的晚上，母亲约了父亲见面。月下相见，没有更多的话，母亲只把一双藏着千行情万行意的鞋往父亲手里一塞，扭头就跑。好了，这双鞋，就私定了他们终身了。

一个月后，父亲就要从县城回来了，母亲乐得什么似的。那天，母亲一大早就来到了村口，朝着父亲回来的方向痴痴地张望着。终于，在村口徘徊了一整天的母亲最终在黄昏时分盼来了父亲的身影。彼此相见，也没有更多的话，父亲只把自己这一个月来省吃俭用积攒下来的钱为母亲买了一束发花给母亲轻轻地戴上。就这样，满足的母亲就挽着父亲的手朝着村庄的方向快乐地奔走着，黄昏把俩人的影子拉得很长，幸福的脚印洒了一地。

那天是父亲第一次到母亲家里去上门。父亲穿了一件崭新的中山装，头发是专门到理发店理过的。那天，最让父亲底气十足的莫过于父亲手上戴的那块"红旗"牌手表。那时戴手表在乡下还是个稀奇事，能戴上手表的人并不多，所以手表在一定程度上是某个人身份和地位的象征。那时的父亲穷得叮当响，手表自然是买不起的，可爱面子的父亲又生怕外公会瞧不起，不肯同意这门亲事。无奈只得向别人求三告四地想借块手表，可那时谁会将手表这样金贵的东西随便借人呢？后来，父亲磨破舌头，好不容易才在一个战友那里借到一块"红旗"牌手表，并一再保证，等相完亲立马就还回去。就这样，那天父亲将自己打扮得像个干部似的，中山装上衣口袋里别着的两支钢笔闪闪发亮，左手上的"红旗"手表不断发出"咔嚓咔嚓"的清脆响声，父亲走得一路生风。外公看见父亲仪表堂堂，又当过兵，吃得苦，心眼也好，喜得合不拢嘴。虽然眼前不富裕，但人只要心眼实，吃得苦，日子总会好起来的，外公看上的就是父亲这个人，其他的什么都不图。于是很快，这门婚事就定了下来，父亲和母亲高兴得小鸟似的。

结婚后，靠着父亲的勤劳和母亲的节俭，家里的日子也一天天越过越红火。后来，生活上渐渐富裕的父亲首先想到的给家里添置的第一个物件便是给母亲买的那块"永久"牌手表。这块手表一直在母亲手上戴了二十多年。二十多年来，母亲从未和它分离过。母亲说，每天看着它，心里就踏实，那可是你父亲当年花了大半年的积蓄买的呢。这块手表现在仍在母亲手上每天分秒不停地走着，发出"咔嚓咔嚓"的声音，就像他们走了二十多年的爱情一样，不会随着时间的流逝而停止片刻。

这就是1979年的爱情，父亲和母亲那一代的爱情，没有甜言蜜语，没有海誓山盟。有的只是两颗真心的碰撞。正因为真，才会在以后的岁月中越走越稳，日子越过越好。

一条围巾的温暖

　　前段时间，我很意外地收到了一位久不联系的老朋友寄来的包裹，打开一看，是一条织得非常漂亮的围巾。此时，在这寒冷的冬季收到千里之外的朋友寄来的礼物，我的心感到无比的温暖。围巾，曾经给了我无比温暖的东西，现在似乎离我的生活越来越远了。看着朋友寄来的那条久违的围巾，我的心里久久不能平静，很多的往事又禁不住浮上心头。

　　那年，我正在北方一所大学读书，寒冷的北风直刮得人掉眼泪，我的手和耳朵都结了厚厚的冻疮。那天，当我冒着寒冷打饭回来时，在我的课桌里却意外地发现了一双织工非常精巧的手套和一条无比暖和的针织围巾，上面有一张小纸条，只有一句话："好好爱自己"。当时，我突然感到好温暖，不知道怎么回事，心里面湿湿的，想哭。在这个离家千里，一个人独自漂泊在外的寒冷的季节里，能收到那么温暖的围巾和话语，心里面总是温暖的。后来，谈恋爱在那个校园里慢慢地盛行起来，追求我的女孩子也不少，其中不乏一些优秀漂亮的。但我却选择了她，一个不是很优秀也不是很漂亮的女孩子，一个曾经在寒冷的冬季里给过我温暖的手套围巾和话语的女孩子。就因为她那句"好好爱自己"的话语和无比温暖的围巾手套，我知道，她就是我一生中所要寻找的那个人了。我想，一个能织出如此温暖的东西的人，她的心里也一定是温暖的吧。

　　这个冬天，当又一场寒冷降临的时候，我突然强烈地想念起读大学时那无比温暖的围巾手套来，想起所有给过我温暖的人来。我知道，无论我走到哪里，总有一份温暖在陪伴着我，总有一个人在默默地关心着我。此时，我心里感到很温暖。

缝在布鞋里的爱

母亲一生中只上过三天学,因为母亲说她一看到那些歪歪曲曲的汉字时,就像看见蚂蚁在书上爬一样,头都会发麻。那时,不愿上学的母亲没少挨外公的打骂,但这也无济于事,母亲说她天生就不是读书的料,没办法,任凭外公怎么打骂,上了三天学的母亲就再也没有跨进过学校的大门了。母亲没多少文化,但这并不妨碍她成为一个好妻子好母亲。方圆数十里,一提到母亲的名字,人们都知道母亲是个勤劳善良会持家的好主妇。母亲不仅会持家过日子,而且针线活在附近几个村子更是出了名的。当年,基本上是作为文盲的母亲就是靠着她那一手人人称赞的好手艺而把作为高中生的父亲给"俘虏"了的。

那时,乡下恋爱中的女孩,送给意中人的定情之物,大多是布鞋。她们瞒了旁人的眼,在夜里,拥着被子,细细估摸着意中人脚的尺寸,然后一针一针密密而下,是扯不断的柔情。偶尔,几个闺中密友也会聚一聚,她们围坐在一起,述说着彼此不愿为外人道的悄悄话,手却一刻不停地在纳鞋底。脸上一团平和,暗地里却在较着劲,看谁纳的鞋底好,谁做的鞋漂亮。往往，如果哪个女孩子的针线活做得好，用不着去宣传，要不了多久，全村的人都知道了，她也便成了附近方圆十里的名人了。于是，隔三岔五的，总少不了有许多其他村子的女孩子慕名来向她讨教。那场面，绝不亚于现在对某某明星的崇拜。

  我的母亲，曾是做布鞋的高手。母亲做的布鞋，美观而暖和，并且经久耐穿，不磨脚。那时的母亲，可是花一样的年龄啊！母亲不仅心灵手巧，而且长得极漂亮。那时，追求母亲的人可是排成了队的。人们都想穿一穿母亲做的布鞋呢！可母亲对那些追求者却视而不见。其实，母亲当时已经有意中人了。那时，父亲刚刚高中毕业。一米七五的父亲长得英俊潇洒，当时追求父亲的女孩子也是一大堆啊！但由于当时爷爷成分不好，家里又穷得叮当响，许多女孩子都纷纷放弃，另攀高枝去了，唯独母亲却对父亲一往情深。母亲说，穷咱不怕，俺只要他这个人，只要他真心对咱好，比拥有万座金山银山都强。后来，父亲要当兵去了，母亲就起早摸黑地用两天时间熬夜赶做了五双布鞋。两天来，母亲一直未曾合过眼，那一针一线里都是母亲对父亲的绵绵情意啊！鞋做好了，在有月亮的晚上，母亲约了父亲见面。月下相见，没有多的话，母亲只把一双藏着千行情万行意的鞋往父亲手里一塞，扭头就跑。好了，这双鞋，就私定了他们终身了。

  后来，父亲在部队里穿的鞋，基本上都是母亲在家里一针一线地做好寄过去的。父亲说，穿母亲做的鞋，暖和、舒适，走起路来格外有精神，比穿那几百上千元的鞋还要舒服呢！

  从小到大，我和姐姐的鞋也基本上是母亲为我们做的。虽然母亲一生做了无数的鞋，但大多是为她的亲人们做的。事实上，母亲很少为自己做鞋，她的那双布鞋，都穿了好几个年头了，但却迟迟舍不得换掉。我知道，母亲把自己对亲人所有的爱，都缝进了在现代人看来不免有些老土过时的布鞋里了。但对我而言，就是那一双双极普通的布鞋，却是现代再高档的鞋子都替代不了的。因为里面，有母亲满满的爱啊！

写给苦难的母亲

  母亲的一生，是苦难的一生。
  母亲的苦难缘于那折磨了她近半个世纪的可怕的病魔。像许多其他孩子一样，母亲的童年也本应在欢歌笑语中度过的，有一个属于自己的美好未来。然而，在母亲十三岁那年，上苍却给她开了一个天大的玩笑，就在那一年，母亲忽感四肢麻木，酸痛无力，渐渐地病情越来越重，后来母亲根本就下不了床了。不得已，外公外婆请来了当地有名的医生，求他为母亲救治。医生在为母亲诊断后摇着头对外婆叹息道："多乖的一个女娃子啊！可惜就是命太苦了"。他叫外婆要有思想准备，说母亲这病不好治，最多只能熬到年底。外婆听后，当场就昏了过去。因为母亲患的是严重的风湿病，由于当时没有及时治疗，再加上营养不良，在病痛的折磨下，母亲的四肢关节都已经发生了严重的变形，整个人也消瘦得如同一片可能随时飘零的黄叶。当时几乎所有的人都对母亲失去了希望。
  然而后来，母亲却并未像医生说的那样在年末时随风飘零，而是顽强地一年一年地熬了过来。对于病痛的折磨，母亲选择了勇敢面对。但母亲的四肢却从此永远地伸不直了，母亲变成了一个有严重残疾的人。后来，母亲渐渐地长大了，到了该谈婚论嫁的年龄。身边和母亲同龄的姐妹们都陆续地结了婚，但由于病魔的缠绕，母亲迟迟没有结婚，在那个连饭都吃不饱的年代，谁会娶一个百病缠身的人呢？就这样，母亲在孤独和痛苦中度过了她那略显凄凉的青春年华。后来，母亲认识了我的父亲，而此时母亲已经三十五岁了。

三十八岁那年，母亲生下了我。从我记事时起，与母亲朝夕相伴的就几乎只有药了。药成了母亲生命中仅次于我和父亲的最为重要的东西。我不知道母亲一生中到底吃了多少药，但每年为母亲买药的支出就几乎占了家里收入的一半，而每年扔掉的各种药瓶总是满满的一大筐。虽然药吃了不少，但母亲的病痛却未见丝毫的减轻。尽管饱受病痛的折磨，但一直以来我总认为母亲是美丽的，尤其是那双黑亮的眼睛，很是好看。我想，要不是患病，母亲是不会嫁给父亲的。母亲又是勤劳的，即使再苦再累，母亲每天也总会挣扎着瘦弱的身子一瘸一拐地在灶台上艰难地忙碌着，准备着我和父亲的一日三餐。由于母亲的勤劳持家，每次放学回来我总能吃上母亲那不知费了多少艰辛才准备出来的香喷喷的饭菜。然而，母亲的付出有时却得不到亲人们的尊重。有时父亲心情不好时总会把莫名的怒火发在母亲身上，而我有时在学校受到嘲笑时，也会回家对她不理不睬起来。然而这么多年来，母亲对此却毫无怨言，她就这样默默地承受着。

时光飞逝，一晃二十多年过去了。正是在母亲那博大无私的关爱下，我才渐渐地长大了，懂事了，成人了。而母亲却在病魔的折磨下迅速地苍老了，也更加消瘦了。后年是母亲的七十大寿，而我也将买房买车。到那时，我一定要让母亲过上一个幸福祥和的晚年。

母亲的腊月

当墙上的日历渐渐只剩下薄薄的几页，年的脚步就渐渐地近了，腊月也在不知不觉中来到了我们的身旁。腊月，在农村人眼里，是个喜气和忙碌的月份。一到腊月，母亲就忙开了。在整个腊月里，母亲就像个陀螺一样地转个不停，为了我们这个家庭不辞辛劳地操持着。

每年冬至刚过，母亲就上街去买好糯米、白糖、红枣、红豆等物品，然后用牛车拉回家，准备着迎接腊月里的第一个节日——腊八节。每年腊月初八，母亲都会为大家煮上满满一锅的"腊八粥"，母亲说，吃了"腊八粥"，这"年"就离我们不远了呢！得早些为新年做些准备。果然，当大家的"腊八粥"还没完全消化时，母亲又在忙着置办年货了。腊月初九，母亲天一亮就早早地吃了饭，拉着她那辆牛车进城了。这次进城，母亲满载而归，拉了满满的一车鸡鸭鱼肉回来。母亲把买回来的鸡鸭鱼肉先用盐腌上一段时间，然后用水洗净，把鸡鸭鱼肉用绳子系起来挂在通风处晾晒。当上面的水汽基本上被吹干时，母亲也便开始了制作腊肉的忙碌。在一个晴朗的午后，母亲上山砍回许多柏树枝，然后把腊鱼腊肉放在柏树枝上，用火熏制。柏树是家乡的一种常见树木，用它熏制出的腊肉看起来好看，吃起来也香。母亲熏制的腊肉，在家乡方圆数十里算是最好的，这让我们全家大饱口福的同时也感到无比的自豪。

忙完腊肉的熏制，时间也就差不多到了腊月二十三了。腊月二十三，是过小年的日子，按照老家的习俗，这一天是除尘迎新的日子。每年的这一天，母亲都会戴上一顶高高的草帽，拿着扫帚在家里上上下下地忙碌着，打扫屋檐，擦擦门窗上的灰尘，把整个房间整理得井井有条。经过母亲的打扫，以前陈旧凌乱的房间突然变得漂亮而温馨起来。

小年一过完，年的脚步真的是越来越近了，年味也逐渐浓了起来。在过年前的某一天，母亲会选个晴朗的日子，把家里的被子拿到太阳底下仔细地翻晒起来。母亲说，过年前晒晒被子，把一年来的霉运都去掉，来年才会不生病。关于母亲晒被子是否能去霉运的问题，我不置可否，但经过母亲翻晒后的被子留下的那股馨香的味道，却让我久久地难忘。当母亲忙完腊月的最后一道工序时，年已真真实实地来到了我们的身边，我们的一只脚也已经迈进了新年的门槛，腊月，也便在我们的回望中渐行渐远了。

每年腊月，都是母亲最忙碌的时节。我想，腊月，应该是专为母亲而准备的一个月份。在这一个月里，母亲用她的勤劳和慈爱，为我们家酝酿出了家的温暖，年的味道。

一米五的父爱

　　父亲是个矮子，从我记事起，他那一米五的身高就一直让我觉得很自卑。

　　父亲是个补鞋匠，因为小时候的一次高烧，让他的身高长到一米五就不再长高了。他没有别的一技之长，二十多年前，靠在祖父那传下来的手艺，他在菜市场门口摆了个修鞋的小摊，虽然他手艺不错，为人也好，但无奈家底太穷，再加上身高的原因，眼看三十好几的人了，却还是孤身一人。后来，别人也给说了几门亲，但都嫌他条件太差纷纷拒绝了。后来，在一次修鞋时，父亲认识了母亲。那时母亲刚刚二十出头，接近一米六的身高让本来就非常漂亮的母亲更显得优美动人。母亲本是城里的大学生，后来爱上了自己的老师，但当发现母亲后来怀了自己的孩子时，那个男人无情地抛弃了母亲。为了把肚里的孩子生下来，母亲毅然退了学，放弃了美好的前程，回到了自己的小县城。后来，母亲遇到了修鞋的父亲，母亲看父亲本分，便答应了这门亲事，唯一的条件便是要父亲像对待自己亲生孩子一样对待肚里的孩子。曾经，父亲和母亲的结合被人们认为是最不般配的一对。身高和年龄上的差距一直都是人们茶余饭后所津津乐道的笑料，人们说母亲是一朵鲜花插在了牛粪上。为此，父亲从不和母亲一道出门，一道逛街。父亲说，无论人们怎么说自己，他都不怕，他就是怕人们背后里说母亲，怕母亲受了委屈。

　　后来，伴随着一声啼哭，我来到了这个世界。我的出生，给这个不太富裕的家庭带来了不少的欢乐和温馨。父亲更是乐得合不拢嘴，平时忧愁的脸上也逐渐多了几道笑容。后来，从我懂事时起，我就成了小伙伴们嘲笑的对象，说我是个没爸的孩子。我说我是有爸的，那个修鞋的人就是我爸。他们一哄而笑，说那个矮子才不是你爸呢，你怎么有那么矮的爸，你是你妈偷人生的。带着委屈，我一路哭着跑回了家。得知此事的父亲好像比我还难过，一定要去找那几个孩子算账，结果把那几个孩子好好地教训了一番，从此他们再也不敢嘲笑我了。

　　后来，我到了上学的年龄，但我从不希望父亲到学校来看我，我不愿意因为父亲的身高而成为同学们嘲笑的对象。因为怕伤到我这颗小小的自尊心，从小学到大学，父亲都没有踏进过我所读学校的大门，每次的家长会，都是母亲陪我去参加，以至于很多同学都认为我是个单亲家庭的孩子。

　　一直以来，靠着父亲替别人修鞋赚来的一分分的辛苦钱，我完成了从小学到大学的全部学业，有了一份属于自己的事业，但父亲却在岁月的长河中一天天地老去。从小，我就因为父亲那一米五的身高而感到自卑，但现在，我却为有这样一位伟大的父亲而骄傲，虽然父亲身高只有一米五，但他为儿子撑起的却是整个天空。

端午忆旧

端午节还没到，走在大街小巷，卖粽子的小摊贩们却随处可见了，卖的粽子也确实可爱至极，那种三角形的粽子，尖尖的角，很秀气的模样，让人喜爱得不得了，于是兴冲冲地跑到一个摊前，买下两个，然后乐陶陶地一路吃着，满足而去。我是一个对粽子情有独钟的人，每一次的端午节，都能勾起我对粽子的无限怀念，每次看到有卖粽子的，也总会买上一两个，吃着吃着，禁不住会想起一些人，一些事来。

记忆中，家里也曾包过粽子的呢。那时奶奶还在，从小我们几个小淘气都形影不离地跟随在奶奶身边，那时父母不在身边，我们基本上都是奶奶带大的。奶奶是个勤劳的乡里人，心灵手巧，会变着花样给我们这群小家伙做许多形状不同，风味各异的小吃，即使再普通的食物，一经奶奶的手，就好像施了魔法般，会变得好看又好吃。在奶奶做的所有美味中，印象最深的就是那一颗颗美丽诱人的粽子了。每年端午节还没到来之前的十多天，奶奶就早早地着手准备了，包粽子是要粽叶的，于是每年端午前，奶奶总是会带领我们这群小淘气到老家房后的地里去剪粽叶，粽叶剪好后，奶奶会把它放在清水里浸泡一段时间，说是这样包出来的粽子会更加的香甜可口呢。另外，捆粽子用的棕树叶，包粽子用的原料糯米和红枣也是要浸泡的。一切都准备好后，我们就搬个凳子坐下来，静静地看奶奶包粽子。只见奶奶熟练地捡几片粽叶铺在手掌上，又抓一把糯米放在上面，再在白白的糯米里塞上一颗或两颗红枣，用手变魔法似的一折，然后用泡好的棕树叶用力一捆，这样一个有棱有角可爱至极的粽子便出现了。看见奶奶包得那么快那么好，我们也想试试，可我们的手实在太笨了，不管怎么包还是会有个地方露出白白的糯米来。

　　粽子包好了，就要上锅煮。等待粽子出锅是个非常漫长的过程，我们总是等不及，一遍一遍地跑到灶屋里去看，看见锅里冒出热气了，又一遍一遍地问奶奶："行了吧？行了吧？"粽子终于快煮好了，那粽叶的清香和糯米红枣的甜香随着一股股白白的热气飘满了整个灶屋，引得我们的口水也流了出来。现在想来，那时的日子真是简单而快乐啊！后来，奶奶还没来得及把她的绝技完全传授给我们时却离开了我们，我们再也吃不到奶奶包的那香甜可口的粽子了。端午节，本是人们怀念诗人屈原的日子，然而现在，每每看到粽子时，我总会不自觉地想起奶奶来，想起那曾经为我们包粽子的慈祥的老人来。

　　奶奶，端午又到了，你在天堂能再为我们包一次粽子吗？

笔友

二十年前，是一个交笔友流行的年代。当时我还是一名大学生，因在一家报纸上发表了一篇"豆腐块"文章后，常常收到许多来自天南海北的朋友写来的信。那时，只要一有空，我就经常给一些读者回信。一来二往，我也渐渐地有了许多的笔友。交笔友其实就像大浪淘沙一样，开始的时候可能笔友有一大群，但随着时间的流转，有些笔友交着交着就渐渐淡了，最终消失得无影无踪，真正能把关系维持长久的笔友是少之又少。

我也一样，那时刚开始的时候，给我写信的笔友不下一百人，但后来，写着写着，很多人就不再联系了。两年下来，唯一还和我联系的只有一个人，她的名字叫芸，一个和我同龄的东北女孩。那时芸也是一名大学生，由于对文学的共同爱好，让我们彼此间有许多的共同语言。芸虽读的是理工科，但她文思敏捷，文笔细腻温暖，给人一种清新脱俗的感觉，这让中文系科班出身的我也自叹不如。为不影响彼此的学习，我们总是在周末的时候给对方写信。在信中，我们常聊一些现在看来有点

"幼稚"的话题，比如我们会问对方一周花了多少钱，有没有看某部电影等。另外，我们还经常进行各种比赛，看看期末谁的成绩考得好，比比一年下来，谁的文章发表得多等等。

转眼四年的大学生活很快就要结束了，马上我们就要各奔东西了。在毕业之前，我和芸约定一定要见一面。我们把见面的地方定在了我读大学的城市。见面那天，为了给自己"壮胆"，我拉上了平时最好的哥们三毛陪我一同前往。那天，三毛为了显示自己的才貌，精心地打扮了下自己，还西装革履的打着领带，最令人晕菜的是，他竟然在上衣口袋上别了三支钢笔。那年月，别钢笔被认为是有文化的象征。而我，却是一如既往的朴素，简单地收拾了下自己后，我拿了一本书作为礼物，怀揣着一颗怦怦乱跳的心，来到了我们约定的地点。就在即将见到芸的时候，三毛突发奇想，他要开个善意的玩笑。他把我的书夺了去，他说要让芸猜猜，我们两个到底谁是她要见的笔友。

远远的，我终于见到了一直通信却未曾谋面的女孩儿。在那个黄昏，微凉的秋风中，芸穿着白色的连衣裙，好看极了。她轻移莲步，缓缓近到前来，她的眼睛几乎一开始就是和我的眼睛对视，看都没有看我旁边的"帅哥"一眼。

三毛终于忍不住了，他问道："你看我们两个，谁是你要见的那个人？"

当然是他，芸指着我，毫不犹豫地说。

"那我呢？"三毛有些尴尬。

"你是卖钢笔的。"

那次，芸在我读大学的城市玩了一周，我们一起去看后山的红叶，一起漫步在繁花落尽的大学校园。后来，大学毕业后，芸去了一个离我很远很远的城市工作，而我也回到了家乡，在一所中学里过着波澜不惊的日子。再后来，我们彼此都有了家庭，有了越来越多的责任，但我们还时常保持着联系。三毛曾不止一次地问我,说我和芸可谓是天生的一对,为什么当时就没有走到一起呢?对此,我不置可否,也许世界上男女之间除了爱情外,还有所谓的友情吧。

岁月匆匆,不见芸已好多年了,但至今还时常想起那年我们第一次见面时的情景。常常地,我会问自己一个问题,当时的芸是如何在我和三毛之间做出分辨的?在一眼之间就认出了谁才是她要见的那个人。也许,这就是所谓的"一见钟情"吧!

曾经的"卡样年华"

　　元旦节那天，很意外地收到了一位久不联系的朋友寄来的新年贺卡。老实说，在书信、卡片逐渐退出历史舞台的今天，还能收到朋友的祝福贺卡真的让我很感动。卡片虽小，它却让我在这个寒冷的冬天感到了被关怀的温暖。面对眼前陌生而熟悉的贺卡，我不禁感慨万千。曾经，它是那么深刻而久远地影响着我们的生活。此时此刻，怀旧的思绪禁不住把我带回了曾经的"卡样年华"。

　　对于出生于20世纪七八十年代的人们来说，书信和卡片这两样东西一定不会陌生。因为，我们的青春记忆里永远伴随着它的影子，寄贺卡是我们表达思念的一种方式，彼此的情谊就在这张小小的贺卡中得到延伸。

　　记得我第一次收到贺卡还是在小学五年级的时候。那时农村穷，贺卡对我们这群农村孩子来说还是个新鲜事物。我的贺卡是位城里的表姐寄来的，现在还记得当时收到贺卡时的情景。那天当我小心翼翼地把信封拆掉时，全班同学都围了过来，甚至连我们的老师也禁不住用好奇的眼神多看了几眼，其他同学更是羡慕得不行，这让我小小的虚荣心得到了极大的满足。确切地说，那是一张很普通的卡片，但却给了我无比的快乐和满足。至今，它还静静地躺在我的书柜里，成为一段往事的永恒回忆。

后来上中学时，贺卡渐渐地在校园中流行起来，即使对我们这样的农村孩子来说，贺卡也不再是什么稀奇的事物了，而且此时的贺卡是越来越精致，越来越漂亮。常常地，总会在圣诞或者元旦来临时收到十几甚至几十张同学寄来的色彩各异字迹不同的贺卡，但内容却基本上是一致的，都是朋友间的新年问候和美好祝福。此时，拿着那自天南海北寄来的小小卡片，心里总是沉甸甸暖洋洋的，因为我们拿着的不仅仅是张卡片，而是朋友的一颗真心。寄贺卡也讲究个礼尚往来，朋友给你寄了，你也应该给朋友送上一份祝福的话语，于是每到节日来临时，卡片就像雪花一样在校园里漫天飞舞。记得高中几年，我也寄过不少的贺卡。那时生活紧张，家里每月给的钱刚刚能填饱肚子，可即使这样，宁愿饿着肚子也要给朋友寄上几张卡片出去。

读大学后，贺卡似乎不再像中学时那么流行了，但经常还是能收到朋友们寄来的新年祝福。此时，如果收到有好感的异性的贺卡，心里便会有一阵激动，并努力从字里行间寻找祝福以外的内容，或者端详卡片上的图案，试图发现一些别样的意味。曾经，我收到过一位女生的新年贺卡，她是我高中时的一个同学。当时收到贺卡时也没怎么细看，只是当作一般的朋友间的问候而已。可没过几天，当我再次翻阅那张卡片时，却很意外地在卡片的一个小小的角落里看到了这样的一行字——"我喜欢你"，这让当时的我有种不可名状的感觉。兴奋，激动，甚至还有点羞涩，伴随着一夜的无眠，我把那张卡片来回反复地看了不下一百遍。那毕竟是我第一次收到女同学如此真挚的表白，孤寂的心突然有了被温暖的感觉。虽然，那个女孩子，以及她和我之间发生的那些或喜或悲的故事，早已随着记忆远去了，但那张贺卡，我却珍藏至今。

　　随着通讯技术的发展和人们生活节奏的加快，那些贺卡似乎已离我们渐行渐远了。但我相信，无论时代怎样变迁，总会有人想起它们，因为它们曾经记录了一代人的青春回忆。

和"情敌"交朋友

作为刚毕业的大学生，我和春是同一年分到这个单位的。春爱好弹吉他，我爱好拉二胡。曾经，单位的很多次晚会上都能看到我们俩共同登台表演的身影，由于我们配合默契，往往能博得台下观众的阵阵掌声，人们都说我们俩特有兄弟缘，仿佛我们的相遇是上天刻意的安排，好比现代版的俞伯牙与钟子期。这话听起来有点夸张，但实事求是地说，我和他确实有许多共同的爱好，常常是我的话刚刚说出上句，他就能按照我的思路把下句补充出来。我想，要不是因为珍的话，我们可能会成为最好的朋友。

珍是我们单位的女同事，也是和我们同一年分进单位的。珍是典型的江南女子，长得楚楚动人，一张小嘴润泽光滑，明亮的眼珠中似有万种风情。不可否认，从我看到她的第一眼起我就喜欢上她了。由于都是年轻人，加上都是刚刚分来新单位的缘故，所以我们三人平时走得特别近，几乎到了无话不谈的地步。可后来，我发现春渐渐地有些疏远我了，看我的眼神也有点不对劲。从他的眼神中我知道，他也一定是喜欢上珍了，也就是说，我和他都同时喜欢上了一个女孩。后来，为了展开对珍的追求，我们俩谁都不甘示弱，明里暗里都较着劲。经过近一年的马拉松式的长跑竞赛，不知是我的诚心感动了珍还是月老对我的眷顾，上天终于把珍安排在了我身边。而此时，我和春的关系却冷到了极点，虽然后来，春也找到了他的"另一半"，一个和珍一样美丽温柔的姑娘，日子过得温馨而甜蜜，但我们的关系却总是处在"冷战"状态，再也回不到从前的模样了。

我知道，虽然事情都过去很长一段时间了，我们俩在心里面也早就不再怨恨对方了，但我们俩就是谁都拉不下面子，不肯给对方一个台阶下。但想到同在一个单位共事，平时抬头不见低头见，长期这样僵持下去也不是个办法，而且对孩子对家庭和工作的影响都不好，考虑再三，我决定和以前的"情敌"重新交朋友，和他重归于好。可问题是怎么和他再度友好呢，让我登门拜访，对当年自己追求珍的行为向他"负荆请罪"，请求他的原谅，我想这是不可能的。想来想去，我决定先从他的妻子兰那里寻找突破口，我想，要让我们俩重新成为朋友，最有效的办法就是先让珍和兰成为好朋友，让我们两家的妻子先成为好朋友，只要她们的关系搞好了，一来二往，有她们从中起着牵线搭桥的作用，我和春的关系也会逐渐得到改善的。我把想法先告诉了珍，没想到得到了珍的大力赞同，说我们两个早就该缓和下关系了，这样僵持下去人都要崩溃了。接下来的日子，珍就按我的"外交策略"开展工作，毕竟是女人，好说话，没想到，不到两周的时间，她就和兰的关系搞得如胶似漆，好似姐妹，大有超过我和春当年的势头。而此时我们两家的孩子也成了好朋友，整天形影不离地跑着玩。

因为有了两个女人的友谊做基础，后面的事就好办多了，利用周末的一天晚上，我把春全家邀出来吃火锅，开始他放不下面子，不肯来，可后来耐不住兰的软磨硬泡，最后还是来了。这是多年后我和"情敌"

第一次在同一张桌子上吃饭。虽然往日的积怨不再,但两人第一次这样近距离地坐在一块,气氛难免尴尬,两个女人就尽量发挥她们爱说话的特长,为我们打圆场,调节气氛。渐渐地,我和春那种压抑的局面也被打破了,一杯酒下肚,彼此的话渐渐多了起来,从当年的"知己"到"情敌"再到家庭工作等等海阔天空地狂谈了一通,后来酒越喝越多,话越说越投机,仿佛又回到了多年前的状态。那天,是我和春几年来过得最开心的一天,后来怎么回家的我不知道,反正我和春都喝醉了,不过从那以后,我和"情敌"又成了好朋友。

风筝的思念

从小，我就对风筝钟爱有加，每当看到别人把风筝放上天时，我小小的心总是充满了好奇："为什么那风筝会飞上天呢？而且还飞得那么高那么远"。常常地，我都会一个人望着风筝静静地发呆。我总认为那小小的风筝似乎有什么魔力一样，我小小的心也幻想着自己有一天也能像风筝一样，飞上天空，看看外面精彩的世界。

每当春天来临，小伙伴们成群结队地拿着父母在城里为他们买来的花花绿绿的漂亮风筝在山坡上放时，我的心就有种隐隐的酸痛。那时家里穷，母亲常年有病，爷爷奶奶又年老体弱。我们一大家子的开销都靠父亲一个人在外面帮人打零工来维持。我知道，凭我们家的条件，父亲是绝对不可能给我买一只风筝的。但小孩子的心总有那么一点点的虚荣。看到别的小孩子放风筝，我的心总会难过上几天。那一年的春天，我的邻居何二不知从哪买了一只很大的风筝，花花绿绿的很是好看。一下子，何二便成了小伙伴们羡慕的对象，一个个都跟在他屁股后面追着他跑。看到何二有了风筝，我便跑回家问父亲要一只风筝。我说何二都有风筝了，我也要一只，哪怕比他的那个小点的也可以的。父亲犹豫了好久，无奈地说道："一只风筝要好几元呢，够我们一家好几天的伙食费了，何二他爸是屠夫，搞得到钱，等以后我们家有了钱再给你买一只吧。"父亲的话还没说完，我委屈的泪水就禁不住流了下来。我哭为什么何二的成绩没我的好，他却有风筝放，为什么他家就搞得到钱。

看到我流泪，在一旁的爷爷也禁不住抹起了眼泪。爷爷走过来说："宝儿乖，宝儿不哭，爷爷给你做一个又大又漂亮的风筝，保管比何二的好看。"爷爷是本地有名的手艺匠，手工活是出了名的。爷爷找来一根竹子，用刀把竹子轻轻划开，或削成片或做成条，再把削好的竹条、竹片用很细的铁丝扎成骨架。很快，风筝的骨架就在爷爷灵巧的手里成型了。然后爷爷找来一些彩纸，把它裱在风筝的骨架上，再贴上一些剪纸，风筝立刻生动起来。爷爷制作的风筝中，最好看的当数鸡公风筝了，挺拔的身材，鲜红的鸡冠，五彩的尾羽，威风凛凛，栩栩如生。

那年，爷爷制作的风筝成了全村最好看的风筝。我也便成了小伙伴们争先羡慕的对象，就连隔壁的何二也不例外。那年的春天也是我过得最快乐的一段日子。

岁月如流水般匆匆而过，一转眼好多年过去了，爷爷也离我们而去了，再也不能在春天给我们做风筝了。每年春天来临的时候，我都会在心里默默地想起爷爷来，想起那一年爷爷为我做的又大又漂亮的风筝来。无论我走到哪里，我都是爷爷手里放飞的一只风筝，那细长的亲情线，永远把我和爷爷连在一起。

红玫瑰　白玫瑰

　　人生一世，有时最痛苦的也许并不在于我们无从选择，而是在于当我们面对两件自己最心爱的东西时必须放弃其一的那种断人肝肠的割舍。你选择了红玫瑰的热烈奔放，也就放弃了白玫瑰的纯洁芬芳，选择了欣赏纯洁芬芳也就注定无缘于热烈奔放。这也许注定就是人生一道解不开的难题吧！

——题记

　　一夜春雨后，园子里湿漉漉的。一阵泥土的芬芳，混着青草味儿，还有各种花的清香都在微微湿润的空气里酝酿。微风拂过，送来了春的气息。

　　清早，他推开了窗户，用力舒缓地伸了伸懒腰，他似乎闻到了一股久违了的却一时想不起来的花的气息，接着他又推开了另一扇窗，想让这清新的空气注入他早已发霉的屋子里。

　　他坐在桌前，独自守着两张略有些发黄的照片发呆。又一阵微风拂过，花的气息愈加浓烈地袭过来，他抽动着鼻子，忽然急速走到了窗边，朝着花园望去，他屏住了呼吸，这时他的心禁不住猛烈地跳动。只见窗外园子里两枝玫瑰正娇艳欲滴地盛开着，几滴晶莹的露珠正深情地吻着那半遮着的羞红了的粉脸，那微笑着的倩影是晨曦中的新娘，在晨光的沐浴下更显得妩媚动人。这是两枝多么美丽多么让人心动的玫瑰啊！它们有着一样的姿色；一样的芬芳；一样的思量；一样的惆怅。所不同的是，它们有着不一样的颜色，所以注定有着不一样的柔肠。因为它们一枝是红玫瑰，一枝是白玫瑰。

不知什么时候，他的心仿佛被针刺了一下，两滴更大的"露珠"也早已悄然落在了脸上。

多年以前，他的生活中也曾经有两枝同样美丽的"玫瑰"。他叫她们一枝为"红玫瑰"，一枝为"白玫瑰"。他那时正读大学，年轻有为又风华正茂。那一年，他几乎同时认识了他的"两枝玫瑰"，又同时在心里播下了两粒玫瑰般浪漫的种子。她们都对他很好，简直无可挑剔。她们让他感到了从未有过的幸福。但有时他又感到极度的矛盾和痛苦，他常常质问上天，自己到底何德何能，竟受到上天的如此偏爱。为什么偏偏要把两枝世上最美的"玫瑰"同时安排在自己身边呢？若是让他早认识一枝"玫瑰"或其中一枝"玫瑰"稍微对他不那么好甚至恨他，那他就不会有那些无端的烦恼了。

选择——他最痛苦的事，临近毕业，他不得不做了。

咖啡厅里，两枝"玫瑰"并排坐着，深情地注视着他，接受他最后的抉择。她们都是那么心平气和。因为她们约定无论结果如何，她们都会坦然接受。而他，却十分紧张和不安，他是个完美主义者，熊掌和鱼任舍其一他都会感到无比的心疼。他若选择了"红玫瑰"就意味着放弃了"白玫瑰"，拥有"白玫瑰"却又势必要伤害"红玫瑰"。整个晚上，他如坐针毡，左右为难。因为无论他选择谁或放弃谁都会感到无比的痛苦。选择，最终没有结果。

　　第二天一早，他最终有了答案。他坐上了南下的列车——他选择了逃避。就在离开前的晚上，他含泪种下了两株玫瑰———一株为红玫瑰，一株为白玫瑰。

　　他那时还没读过张爱玲的小说《红玫瑰·白玫瑰》的故事。不知道"朱砂痣"与"明月光"到底有何象征意义，更从未想过上天会给他开这个根本不可笑却非要叫做"玩笑"的玩笑。他常感叹："人生一世，有时最痛苦的也许并不是我们无从选择，而是在于当我们面对两件自己最心爱的东西时，必须放弃其一的那种断人肝肠的割舍。"

　　多年以后，他仍孤身一人。如果来生还是今世的重复，他的选择依旧没有结果，也才有了"纵然多情要比无情苦"这句痛入心扉的感叹。这不知是不是上苍在造物时故意给人类留下的一道看似简单，却永远解不开，破不了，不能多选却又不能不选的"单项选择题"呢？

第二辑　围城内外

婚姻年检

　　车需要年检，身体需要年检，很多东西都要年检。其实，婚姻也一样，年终的时候，给自己的婚姻把把脉，更有利于家庭的和睦与幸福。

　　我和老婆结婚三年了，三年来，虽然平时也经常吵吵闹闹，但总体来说日子过得还算幸福。很多人都觉得奇怪，说我们两个性格爱好差异如此大的人，生活在一起居然还挺像那么一回事。其实，婚姻也像一台高速运转的机器，有个磨合期，要不断地添加润滑剂，需要长期的保养。更重要的是，每年一次的"婚姻年检"是保证婚姻质量的有效方式。

　　三年来，每年年终的时候，我和老婆都会对共同经营的婚姻进行一番年检。今年圣诞节那天晚上，我们对这段婚姻进行了第三次年检。

　　时间定在晚上八点，地点在市中心的浪漫咖啡屋。那天，她来得很早，餐桌上的红玫瑰把整个晚上的气氛衬托得十分的浪漫温馨。我们约定，把这一年来彼此对婚姻的感受和对方的优缺点都一一地写在一张纸上，然后在纸的末端要提出改进婚姻的建议以及第二年的生活计划。一杯咖啡喝完后，我们的婚姻年检正式开始了。首先由老婆发言，总的来说，她对这一年来我们的婚姻状况还是比较满意的，说了我许多的优点，比如我的事业心，责任心都很强，关心家人，从不在外乱来等。但老婆也指出了我的许多缺点，比如说我有时只顾忙工作，不知道照顾自己，烟抽得越来越厉害等。对于她的中肯的批评与表扬，我都虚心地接受。确实，我是个工作狂，一忙起来就不知道北了，常常是忙得忘记吃饭，为此还落下了胃病，而结婚后，我的烟瘾也是越来越大了，常常是一天不到，一包烟就消灭掉了。

当然，那天我也指出了老婆的不少优点与不足。比如老婆勤劳，温柔，孝敬父母，持家有方等，但有时太不注重自己的形象，常常连续几天不化妆还能招摇过市等。老婆都非常平和地接受了我的建议，并表示以后一定改掉这些坏毛病。最后，对明年我们的婚姻如何经营，我们都提出了许多美好而可行的建议。我们希望，明年我们将有一个属于自己的小宝宝，那样的话，我们的日子将过得更加忙碌而充实。我们还希望有一座更大的房子，那样的话，两家的父母来时也更方便居住。第二天，我们把这次婚姻年检中发现的问题与来年的计划都打印了出来，然后庄重地贴在了床头，时刻提醒着我们，幸福的婚姻应该朝怎样的方向经营。

婚姻年检，幸福执照，给婚姻来次年检吧，也许会收到意想不到的效果。

蒜味人生

从小，就一直不喜欢吃蒜。每次吃饭，如果哪道菜里放了蒜，一顿饭吃下来，我的筷子绝不会去碰一下。对蒜天生的反感缘于吃蒜时那种辣辣的感觉，让我非常的不适。另外，吃了蒜后嘴巴里那种臭臭的味道，更让我经常有种想呕吐的厌恶。

本以为，这一辈子与蒜算是绝缘了。可没想到，上大学后我却爱上了一个喜欢吃蒜的女生。她是西北人，平时吃面，都爱放一瓣生蒜在面里，她说这样吃起来才过瘾。开始，我对她这种吃法很不习惯，甚至为此吵过架，每次闻着她嘴里发出来的那种浓郁的蒜臭味，我都有种窒息的感觉。但因为爱，渐渐地，我也就习惯了她的这个爱好，而且不知不觉中，我居然也爱上了吃蒜，甚至到了每餐必吃，无蒜不欢的程度。

大学毕业后，我和她走到了一起，接着是结婚生子，日子过得波澜不惊。虽然没有大富大贵，但儿子聪明可爱，家人健康平安，本以为会和她守着这样的平静日子慢慢变老，但三年后却收到了她的离婚协议书。那年，她刚刚提拔为单位的局长，职位的升迁让她的应酬越来越多，回家的时间越来越少，甚至有时候一周都见不到她的人影。渐渐地，关于她的一些流言蜚语也逐渐流传开来。对此，我对她始终抱以无比的信任。我想，一个靠吃蒜长大的苦孩子，是不会背叛纯真的爱情的。但当那天她亲自把离婚协议书递到我手上时，我委屈的泪水终于止不住流了下来。我问她为什么要这么做，希望她能给自己一个心服的理由。她说，"我最受不了的就是你满口的蒜臭味，一个满口蒜臭味的男人，我怎么带得出去？"我说，"我可是因为你才吃蒜的啊，而且你不也是爱吃蒜的吗？"她说，"我已经很久不吃蒜了。"突然想起，自从她当上局长后，她确实不吃蒜了，而是吃上了山珍海味。我知道，眼前的这个女人再也不是以前那个爱吃蒜的老婆了，我们已经走在了两条平行线上。接过她手上的笔，我毅然签了字。

后来，听说她又结婚了，老公是一个位高权重的高官，不再吃蒜的她官越当越大，虽然嘴巴不臭了，但名声却越来越臭，最终因经济问题不幸落马了，听到这一消息时，我的心有种隐隐的疼痛。心想，如果她能一直陪我吃一辈子的蒜，也许就不会有今天这种结果了。突然间觉得，其实人生就像吃蒜一样，虽然吃的时候味道不好，但咽下去后那种滋味却让人回味无穷。蒜就像我们的生活，虽然普通平淡，比不得山珍海味，但在平淡中却别有一番滋味。蒜能杀菌消毒，是任何山珍海味也替代不了的保健食品。但是，我却没能找到一个愿意陪我吃一辈子蒜的人。

三八节，我为老婆做顿饭

眼看三八节马上就要到了，和老婆结婚这么多年，记忆中自从有了这个节日以来，我还从来没有为老婆真正庆祝过呢，好在老婆对此也并不在意。今年，我决定无论多忙，都要在家好好的陪在老婆身边，给老婆一个意外的惊喜。

由于平时忙，家里的事我一般很少过问，家里大大小小的家务，几乎全落在了老婆一个人身上。洗衣、做饭，带孩子，照顾老人，为了这个家，老婆总是任劳任怨地尽着自己的一份职责。为了这个家，老婆牺牲了许多的休闲时间，几乎一年四季都在锅碗瓢盆中忙碌着。每次，吃着老婆做的香喷喷的饭菜时，我的心里总有种说不出来的愧疚。对老婆，对于这个家来说，我是个不尽职的人。三八节眼看就要到了，但怎样陪老婆度过，却让我一时为了难。送她束花吧，但老婆是个持家比较节俭的人，又不太爱赶什么时髦，她一定会说我玩这些虚的是浪费钱。送她个什么首饰吧，老婆平时也没有穿金戴银的习惯。想来想去，我觉得还是给老婆做顿饭比较实在。平时都是老婆在厨房里忙碌着，一连几个月我基本上都没进过厨房的门，在三八节那天为老婆做一顿饭，我想是对老婆最好的感谢和尊重。

　　三八节那天，我推掉了一切的应酬，破例起了个大早，到菜市场逛了一圈，买了许多老婆平时爱吃的食物。一回到家，我就在厨房里忙活起来了，我的计划是在老婆起床之前就把菜做好，这样好给老婆一个意外的惊喜。大概是自己长时间不下厨房的缘故，我在厨房里手忙脚乱地折腾了好长一段时间，却连一道菜也没做好，原先要做几道菜的计划也被打破了，本来以为做一顿饭是很简单的事，现在才知道老婆每天在厨房里忙碌是多么的不容易。眼看老婆马上就要起床了，而我这里却是一团糟。情急之下，我做了最简单的一道菜——炒鸡蛋，心想一定要赶在老婆起床前把这份惊喜送出去。也许是太过紧张，也许是久不下厨的缘故。总之，我的这份鸡蛋是炒焦了。当我正犹豫要不要把这份鸡蛋倒了另炒时，老婆突然闯了进来。看到那份炒焦的鸡蛋，老婆的脸上写满了感动。在老婆的坚持下，我把鸡蛋端上了桌，后来，老婆说，那份炒焦的鸡蛋是她当天收到的最好的礼物，也是她吃过的最香最难忘的炒鸡蛋了。

　　那天，面对老婆的感动，我不禁有了深深的愧疚。原来老婆就是这样一个容易满足的人，一份炒焦的鸡蛋就能让她如此的快乐，而我，竟连这样的一份炒焦的鸡蛋也没能为她多做几次。我想，从此以后，我一定要多练习我的厨艺，无论多忙，我也得时常为老婆炒一份香气四溢的炒鸡蛋，让老婆天天都过三八节。

错爱

　　她和他是大学同学，大三那年，他们相爱了。
　　她生活在大城市，父母都是国家干部，从小，她就是家里的公主。而他，出生在农村，家庭不富裕，每月的生活费都是靠父母省吃俭用积攒下来的。虽然是穷孩子，但生活上的不富裕并不妨碍他对浪漫爱情的营造。那时，他常常会利用周末时间去为一些商家发传单，一天下来，直累得腰酸腿痛，有时还会遭一些人的白眼，但一想到一天下来能有三十块钱的收入，他的心里就会涌现出无限的甜蜜。三十块钱，对许多城里人来说根本不算什么，但对他来说，却可以为心爱的人买一件不太高档但却无比温暖的衣服，也可以一起去大排档，去吃一顿他们认为无比美妙的红烧肉，然后还可以用剩下的几块钱去看一场缠绵悱恻的爱情电影。那时，他们是那么快乐的一对啊！常常地，他会为她买一只别致的发卡，而她，也会送给他一条温暖的围巾。
　　后来，随着她对他感情的不断加深，她开始拒绝他送给她的礼物，因为她知道他的家庭情况，她不想因为自己而让他活得太累。有一次，他买了一袋话梅送给她,她告诉他说自己不喜欢吃酸的东西,叫他以后别买了,其实,从小到大,话梅一直是她的最爱,只是,她不愿意因为自己的这一爱好而给本不富裕的他再增添任何负担。后来,她都以各种理由拒绝了他送给她的许多的小礼物,其实,在这些小礼物中,很多都是她非常喜欢的东西。只不过,她在用另一种方式爱着他。

  大学毕业后,他们一起进了一家单位,慢慢地,生活逐渐宽裕起来。有一次,单位组织大家一起去旅游,在一个景点,有许多话梅提供给游客自由采摘,于是大家纷纷下地采摘起来,然后个个满载而归,除了他以外。话梅,又叫情人梅,酸酸甜甜的味道就像爱情一样,于是成了许多恋人的最爱。看着同行的一对对情侣往对方的口中互赠着梅子,然后一起陶醉于那种酸酸甜甜的表情时,她的心充满羡慕,同时有种从未有过的空洞。她问他为什么大家都下去采摘梅子了而独独他不去呢?他说,你不是不喜欢吃梅子吗?她的心突然沉了下去,如鲠在喉般,想说什么,却又说不出来。她知道,不是他出了问题,而是她爱他的方式不对。

家有"偷菜妻"

对于"偷菜",老婆开始是很不以为然的,认为那是小孩子玩的无聊游戏,自己三十几岁的人了,孩子都上小学了,还玩那个游戏,简直是幼稚。偶尔当我在电脑上玩玩"斗地主"的游戏时,老婆都会把我狠狠地批评一通,说我一天不务正业。但不知什么时候开始,老婆在一群朋友的游说下,居然也加入到了时下流行的"偷菜一族"之中,这确实让我们全家"惊喜"了一回。

一开始,对于老婆偶尔玩玩"偷菜"的行为,我是报以理解的心情的。毕竟老婆在公司上班,平时压力很大,工作也很累。而且回到家,还要洗衣做饭,照顾我们父子的饮食起居。我想,偶尔上网玩玩"偷菜"游戏,轻松一下,也没什么大不了的。但后来我发现,原来"偷菜"也是会上瘾的。一开始,老婆只是偶尔上上网,无聊时顺便在别人的地里小偷小摸一回,但后来,我渐渐地发现,老婆对"偷菜"简直是达到了痴迷的程度了。

每天一下班,老婆一改平时贤妻良母的生活习惯,饭也不做了,孩子的功课也不辅导了,一回到家,老婆就迫不及待地打开电脑,迅速地打开开心农场的网页，一边兴奋不已地收获自己的胜利果实，一边和她的那群"偷友"们交流着偷菜心得。自从迷上"偷菜"以来，平时都爱赖床的老婆却一改这一雷都打不动的习惯，成了我们家起床最早的人，每天早上，都能听到她在电脑前兴奋不已的尖叫声。

老婆的这一改变直接影响到了我们家的生活质量，一连串的问题也接踵而至。先是老婆在一次"偷菜"行动中过于专注，结果把炒菜的锅给烧烂了。接下来是儿子的功课没有人辅导，成绩一落千丈。更让人担心的是老婆的身体越来越憔悴了，自从"偷菜"以来，老婆成了我们家睡得最晚起得最早的一个人，由于平时工作压力又大，老婆的身体一下子差了很多。

我知道，造成这一切的"罪魁祸首"就是网络上那虚幻的菜菜，只有把它们从老婆心里拔掉，我们家才能回到原来正常的生活上来。

我知道，老婆偷的其实不是菜，而是寂寞，这都是因为我平时陪老婆的时间太少的缘故。虽然我们在一张桌子上吃饭，一张床上睡觉，但结婚十年来，岁月早已把我们的激情磨灭掉了。平时，我下班后，就一头扎进了自己的事情里，和朋友一起吹牛聊天，家里的大小家务事全扔给了老婆，对老婆也缺少了必要的关心和一个男人应尽的责任，记忆里，我们都有一年的时间没有出去散散步了。找到原因后，我决定重新做个新好男人，让老婆的生活充实起来，让她远离虚拟的网络世界的影响。下班后，我不再和朋友聚一起喝茶聊天了，而是陪老婆一起逛菜市场，一起买菜，一起做饭。饭后，我们一起散散步，偶然也一起打打球什么的。渐渐地，我发现老婆对"偷菜"不再那么痴迷了，我们的日子又仿佛回到了刚结婚时那段难忘的甜蜜时光，儿子的成绩也有了很大的进步。

经历了老婆的这次"偷菜"事件，我对经营婚姻有了更多的感触："老婆是需要花时间多陪陪的"。如果身边有哪位朋友的老婆正在为"偷菜"而如痴如狂时，请多抽点时间陪陪她吧，因为她们偷的不是菜，而是寂寞。

爱情里没有孰强孰弱

今年是姑姑和姑父结婚五十周年。五·一那天,一家人为他们举行了一次浪漫的金婚纪念活动,看着他们风风雨雨一起走过五十年的人生历程,大家都为他们送上了真诚的祝福,同时也为他们那不离不弃的坚贞爱情而感动。

姑姑是老牌的大学生,大学毕业后分配到了一家国有企业工作。作为刚刚毕业的大学生,那时的姑姑年轻漂亮,而且还读过大学,又有学问。姑姑自然成了单位里的一朵花,追求的人可谓不计其数,这些人有的是单位的部门领导,有的是小有名气的技术能手,很多人的条件都非常的不错。在众多追求者中,姑姑却对当时各方面条件都很一般的姑父产生了好感。那时姑父只是一名普通的工人,没有读过大学,而且年龄还比姑姑大,但姑父非常能吃苦,对姑姑非常的关心体贴,而且有上进心。当时,姑姑的选择遭到了全家人的反对,甚至遭到了奶奶不惜以断绝母女关系来威胁,大家都说姑姑中邪了,对于她的选择,大家很不理解。但姑姑却异常坚定地守卫着自己的选择。拗不过姑姑的坚持,最后家人勉强同意了，但大家对他们的幸福都不看好，毕竟相差太大了。后来，结婚后的姑姑事业上可谓蒸蒸日上，不久就当上了部门主管，而姑父却还是在原地踏步，大家都认为，这下他们的婚姻一定会亮红灯了。但出乎预料的是，他们俩人反而更恩爱了，随着孩子的出生，一家人的日子过得红红火火，直到他们退休时，姑姑已经是副厂长了，而姑父却还仅仅是一名小小的主任，但这并不妨碍他们的幸福。当然，几十年来，他们也有过争吵的时候，但那只是生活中的一点调味品而已，他们的幸福让我们每个人都羡慕不已。

从姑姑和姑父的故事中，我突然明白了，其实爱情里没有孰强孰弱，只要真心相爱，幸福就在你的身边。

"二手"的女人 "一手"的爱

因为是家里唯一的男孩子，从小我就是家里的王子，父母把全部的爱都倾注在了我身上。2005年，从大学毕业后的我在一所中学做了一名高中教师。因为喜欢写诗，长得又帅，单位里不乏许多的追求者，但不知怎么的，对于她们，我总是缺少点感觉。一晃四年过去了，我仍然过着单身贵族的生活，眼看着身边的朋友一个个的都结婚生子了，而自己的年龄也越来越大，有时还真有点着急，而最着急的莫过于一心想早点抱孙子的老爸老妈，成天在我耳边唠叨个没完。但我知道感情的事，急是急不来的。

2012年，在一次义工活动中，我意外的结识了娟子，一个义工活动的主要负责人。娟子比我小四岁，在宣传部有一份不错的工作。两年前，她刚结婚不到一个月的老公出国留学了，后来老公在国外又有了一段新的恋情，于是他们结束了这段不到一年的婚姻。娟子为人谦逊，富有爱心，平时工作之余，她就把自己的主要时间和精力投入到了义工活动上来。随着交往的增多和了解的逐步深入。我对娟子有了一种别样的情愫，后来，我们彼此都深深地喜欢上了对方。当我把娟子带回家准备向父母正式宣布我们的关系时，却遭到了他们的强烈反对，理由是娟子是个结过婚的"二手"女人，这样对我太不公平了，他们怕我以后会后悔。而我身边的许多朋友也很不理解，认为我这么帅气的男生，什么样的人找不到，干嘛非得找个"二手"女人呢？那天，我和父母赌了一天的气，我知道，他们的反对也是有理由的，毕竟从小我就是他们最最疼爱的小皇帝，而娟子是个离了婚的女人，他们当然不愿意我拿后半辈子的幸福去做赌注。但我更清楚我要的是什么样的感情，娟子就是我等了这么多年的"公主"，而离过婚的"公主"，我想，她更能懂得珍惜感情。

后来，在我不断地沟通和坚持下，爸妈终于同意我和娟子的继续交往。随着了解的增多，他们也觉得娟子是个富有责任心，温柔体贴的女人。后来，我们终于步入了婚姻的殿堂。婚后，我和娟子相敬如宾，恩爱有加。看到我们如此的和睦与幸福，以前一度不看好我们感情的朋友们也纷纷投来了羡慕的目光。

其实，婚姻里无所谓"一手"女人"二手"女人之分，只要她真心爱你，只要她给你的爱是"一手"的，我想，这样的女人就是可以用一生去爱护的。

给老婆美容

其实，老婆长得并不丑，她曾经是大学时的校园模特，一米六五的个子，高挑的身材，甜美的笑容，再配上她那迷人的眼睛，曾是不少男生梦寐以求的白雪公主。

当然，这仅仅是从她的外表而论的，真正让我喜欢上她并决定和她迈入婚姻殿堂的，还是因为她的一些内在的东西，比如她的细心，她的温柔，她的关心体贴，她的善良孝顺等，比起她的外表来，其实我更欣赏她内在的气质。

于是，经过几年的热恋后，像所有的男女一样，我们也走进了围城，有了个属于自己的家。刚结婚时，我们可谓是真正的无产阶级，基本上什么都没有。

因为正处于创业阶段，房子是租的，没有电视，没有空调，甚至连个像样的厕所都没有，不到二十平方米的空间里放着我们读大学时的所有书籍和一些日常生活用品，这就是我们的全部家当。

生活上虽然不富有，但那段时间却让我感到无比的快乐和满足。

每天早晨，我们一起到外面的小吃摊旁吃早餐，晚上下班后一起买菜回家做饭，我掌厨，她给我打下手，饭后一起下楼到公园里散步，然后回家看书，一天的日子虽然平淡却真实而快乐着。

我想，守着这样一个关心我爱着我的女人，即使一辈子给她当家庭煮夫，即使一辈子不富裕，我也是心甘情愿的。

后来，经过我们几年不断地奋斗，我们的房子越住越大了，家用电器可谓一应俱全，她的事业更是节节高升，可我却并没有先前的快乐。

此时，我发现老婆似乎变了很多，不是说她外表变老变丑了，女人30一枝花，她现在正处于一枝花的年龄。比起刚结婚那会，她的心似乎变得粗糙了许多，不再有以前的细心了。我做饭在厨房里忙死忙活时，她却翘起二郎腿在客厅里悠闲地追着韩剧。

当别人一家晚饭后到公园散步享受着天伦之乐时，她却宁愿在牌桌上熬夜战到天亮也不愿花半小时陪我到公园走走。

书，曾经我们视为最珍贵的东西，她现在一年也难得去翻一次，书架上的书早已积满了灰尘。

我知道，是岁月的尘土蒙上了老婆那颗曾经青春飞扬的心，像脸需要美容一样，老婆的心更需要好好的修饰下了。那天，我把老婆以前的细心体贴，老婆的浪漫温情，以及老婆对我的点点滴滴的好都记在了日记本上，然后我又在日记里把现在的老婆和结婚时的老婆做了一番对比，在日记的最后我写到："物质的富足并不代表心灵的充实，在富足的物质面前，我觉得和老婆的距离越来越远了。其实作为一个男人，我并不要求我的女人一定要出人头地升官发财，我只希望她能多陪陪家人，多关心下亲人，就像当初刚刚结婚时一样，即使那时我们一无所有，我却觉得那是我过得最开心的一段日子。"写完后，我把日记放在了老婆的床头，我希望老婆能明白我的心事。

第二天下班后，我照样在厨房里忙着活，老婆走了进来。

她不知从哪弄来一枝玫瑰花悄悄地递到我面前，温情地说道："谢谢你，老公，以前都是我太粗心了，我保证以后一定多抽时间陪陪你，关心你，找回我们当初结婚时的感觉。"此刻，面对眼前的老婆，我突然有种想落泪的感动。

　　以后的日子，老婆变了许多，变得跟原来一样温柔体贴了，变得顾家了，我知道，是我那本日记让老婆越活越年轻，老婆的心在岁月的尘土里开出了鲜花。

我的"低碳"国庆周

转眼一年一度的国庆节又如期而至，往年的国庆节，我都是和朋友们在吃吃喝喝中度过的，但自从去年开始，我就一改国庆节大吃大喝的习惯，过起了既节约又健康环保的"低碳"国庆，感觉十分有意义。去年的国庆节，我是这样度过的。

国庆第一天，是我亲自下厨的日子。一大早，我就骑着自行车去买菜了。和以往不同的是，我一改以往喜欢买大鱼大肉的习惯，这次我精挑细选地买了几样小菜，装在了自家带去的菜篮子里，一路悠闲地骑回了家。然后我亲自下厨，为家人做了一餐简单的家常便饭。虽然只是四菜一汤，没有一般家庭的大鱼大肉，也没有宾馆酒店里的热闹气派，但简简单单的几个菜，却吃出了健康快乐的味道。

国庆第二天，是我拜访亲戚朋友的日子。以前，我都爱提一些烟酒之类的礼物去拜访朋友，但自从去年开始，我就不再送这些东西了，取而代之的是送一些花草等给对方。送人家烟酒，不仅污染环境，还影响身体健康，而送一些花草做礼物，不仅经济，而且还能装点生活，既健康又环保。

国庆第三天，是我们全家出游的日子。以前大家出门，少不了要打的或开车。但这次，我们却骑上了自行车。一家人骑着自行车，穿梭于城市的各个景点，既欣赏了沿途的风光，又锻炼了身体，还低碳环保，真是一举三得。

国庆第四天，是我们一家人的阅读日。因为平时忙着上网，忙着看电视，我们的阅读时间非常有限，一年中，也难得有机会闲下来读几本书。这一天，我们关掉了电视，拔掉了网络。静拥书本，让书中优美的文字，滋润我们的心房。

国庆第五天，是我们全家回乡下看望父母的日子。平时工作的忙碌，让我们难得和父母聚在一起，虽然平时手机总是忙个不停，却很少给父母打个问候的电话。这一天，我关掉了手机，和外界失去了联系，这一天，只属于我的父母，我要陪父母过一个没有电话的日子。

国庆第六天，是我们家搞大清洁的日子。这一天，我们把一些垃圾进行了处理，能用的一些物品我们继续使用，绝不浪费。一些不能用的东西，则进行分类处理，然后统一进行垃圾回收，不让这些垃圾污染环境。

国庆第七天，是我们家开"低碳"国庆总结会的日子。国庆长假接近尾声，我们的"低碳"国庆周也在欢乐和健康中度过。总结这几天来的经验，我们全家一致认为，在以后的日子里，我们要坚持"低碳"理念，过出更健康更环保的生活来。

去年的国庆节，是我过的最有意义的一次国庆节，眼看今年国庆又将来临，我和家人早就商量好了，今年国庆，我们仍然过"低碳"国庆周。

接父母来城里过国庆

以往的国庆节,我们都是在外面旅游中度过的,去年国庆节,我和妻子商量了下,准备接乡下的父母到城里来和我们一起过,顺便带他们到这个城市转转,最主要的目的还是想给母亲看看多年来久治不愈的老风湿。

那天,我给乡下的母亲打了个电话,说明了我和妻子的想法,没想到母亲一听要到城里来过国庆,一万个不乐意。母亲说:"小平啊,我和你爸挺好的,在乡下过也一样,你们不用担心我们。你们刚买了房子,小孩又要上学,压力大着呢!我和你爸商量好了,国庆就不去了,只要你们过得快乐,我们就放心了呢!"后来,禁不住我和妻子的苦苦劝说,母亲终于同意来城里一趟,顺便看看她那可爱的孙子。

第二天,当我和妻子都还在睡梦中时,突然听到门铃响个不停。打开门一看,原来是爸妈站在了门外,他们每人身上都扛了两大包重重的东西,头上还有少许的露珠,显然是天不亮就从家里出门的。我说:"爸,你们怎么提前来也不跟我打个招呼啊!不是说好过三天才来的吗?"父亲说:"本来是说好三天后来的,但你妈怕这几天你们忙着加班,没人给小孙子做饭,所以就想早点来帮下忙,这不,你妈还带了你们最爱吃的土特产,好让你们尝尝鲜,饱饱口福呢!"父亲还未说完,母亲就直奔厨房忙活起来了。不一会,一桌可口的早餐已被母亲准备妥当,吃着母亲一大早赶来做出的早餐,我和妻子既感动又无比的惭愧。

国庆当天,我和妻子带着父母把这个城市的一些景点游览了一遍,回来的路上,路过一家商场,发现有一款衣服特别适合母亲,我和妻子都想把它买下来,可母亲百般不同意,这让做儿子的我心里很不是滋味。母亲说,农村人讲究个啥,有得穿就不错了,你们还是省点钱留给我孙子读书用吧!

转眼国庆假期很快就要结束了,但母亲却迟迟不愿意去医院看病。在假期的最后一天,禁不住我和妻子的软磨硬泡,母亲最终才同意到医院去看看。因为是老风湿,平时又过度劳累,医生说需要加强治疗,不然会有继续加重的危险。那天回家,母亲一个劲地唠叨,说我们不该给她花这个冤枉钱,五百块钱呢,在农村得卖多少个鸡蛋才赚得回来啊!

国庆一过,我和妻子又要忙着上班了,本来我们还想留父母多住几天的,但母亲说住不惯城里的房子,执意要回去。那天,送走父母后,我和妻子在整理房间时,无意中发现在床单下面居然还有五百元钱。我想,一定是母亲走得匆忙,把钱忘在这里了。正当我要打电话告诉母亲时,突然我的电话响了。一看,居然是母亲打来的,还未等我开口,那边母亲便说道:"小平啊,我走的时候在床单下面留了五百块钱,这几天我看病花了你们不少的钱,你们又刚买了房子,孩子又要上学,以后花钱的地方多着呢,妈老了,帮不了你们什么忙,这几百块钱你们拿着吧,算妈的一点心意,你们可别嫌少啊。"

放下电话,我和妻子的眼睛都禁不住湿润起来,母亲留下的那五百元钱,就像一块巨石一样,压在心里,显得是那样的沉重。我知道,这就是母爱的重量。

重阳节给母亲买新衣

小时候，每年过年，作为小孩的我们，最大的愿望就是能在过年时穿上父母为我们买的新衣服。记忆中，每年的腊月二十几，母亲总不忘带我去赶一回集，为的就是给我买一件过年的新衣服，那时衣服的做工都比较粗糙，母亲也买不起比较好的料子，但即使是件再普通不过的衣服，也能让我小小的虚荣心得到极大的满足，快快乐乐地过一个幸福的新年。

转眼十多年过去了，母亲开始变老了，我也不再是那个为一件新衣服就会高兴半天的小男孩了。如今虽长大成人，但每到过年时，最难忘的还是母亲为我们买新衣服的场景。而今，每年过年，我也不忘为自己的女儿买一件新衣服，但这么多年来，我却没为母亲买一件新衣服，想到这，我就深感愧疚。眼看一年一度的重阳节马上就到了，我和妻子商量，什么时候带母亲一起进城，好亲自为母亲买一件新衣。

当我把想法告诉母亲时，立刻遭到了她的强烈反对。母亲说："我都这么大一把年纪了，有得穿就不错了，还花那冤枉钱干啥？你们以后用钱的地方多着呢。"任凭我怎么劝说，母亲都不为所动。后来还是妻子嘴甜，好说歹说，母亲终于被我们带进了一家商场，经过半小时的精挑细选，母亲最终对一款老年人穿的羽绒服比较满意，可一看价格，母亲不禁大惊失色，六百五十元，母亲说："够我和你爸一个月的生活费呢！"看母亲喜欢，我和妻子都劝母亲不要考虑钱的问题，只要喜欢就行，这是我们作为子女的一片孝心。后来在我们的坚持下，好不容易说服母亲，把那款衣服给买了下来。

回到家，母亲一个劲地抱怨说我们买贵了，说不该和我们进城。看着母亲那日益增多的白发，我的心里突然有一种莫名的难受。这就是我们的母亲，她为我们操劳了一辈子，为我们的成长愿意付出自己的一切，却舍不得子女为自己买一件新衣服。

"家庭报"办出的温暖

新年新气象。这不,在新年刚过完不久,我们家就有了一个可喜的新变化,我们家居然办起了一份"报纸",我也堂而皇之地成了报社的"老总"了。这份报纸,在邮局报刊亭是买不到的,而且全球限量发行,刊登的主要内容也与众不同,不是什么国际间的时政要闻,也不是明星大腕的绯闻故事,而是我们家鸡毛蒜皮、家长里短的琐事。我们把这份"报纸"叫《幸福家庭报》。

开始想到办这么一份报纸,是缘于元旦前儿子的一句话。那天,我照例把报箱的报纸取回家时,没想到儿子撇撇嘴说:"这报纸每天都刊登明星出轨的故事,要么就是些包治百病的卖药的广告,真没意思,倒不如我们家的故事有趣呢,要是我们家也办份报纸就好了"。听儿子这么一说,我想,对呀,从小我就有当记者做编辑的梦想,何不咱们自己也来办一份家庭报呢,把我们家最近发生的有趣的难忘的故事都写出来,一定非常有意义。

那天晚上,我们家就开了一个家庭会议,专门讨论办家庭报的问题,没想到我的这一提议得到了全家人的一致赞同，儿子更是高兴得不得了，并保证一定配合我把这份报纸办好。当天，我们就对这份报纸的定位给出了明确的规定，不刊登时政新闻，也不刊登明星故事，就只刊登我们家鸡毛蒜皮的家事，每月出版一期，每期四开四版。另外，我们对每个人的职责也做了分工。"报头"由儿子他爷爷题写，因为我们家老爷子退休前是名高中语文老师，字写的是相当漂亮。老爷子除了题写"报头"外还兼任本报的名誉顾问，并写了发刊词。儿子他奶奶做事细致认真，负责报纸的校对工作。老婆是搞外联的，负责报纸的印刷工作，儿子喜欢画画，负责报纸的插图工作。而我平时喜欢写写小文章，负责报纸的编排工作，并全面负责报纸的运作，成了名副其实的"老总"。

对报纸栏目的设置，我们也做了计划，主要开设的栏目有"家庭一周"，主要刊登每周家庭发生的鸡毛蒜皮、柴米油盐方面的新闻。"家庭医生"，主要刊登一些常见病的预防及饮食卫生问题。"作文天地"，主要刊登儿子的作文，要求儿子每周必须投稿一次，此栏目实行稿费制度，大大激发了儿子写作文的热情。"老年天地"，主要刊登跟老年人有关的健康保健方面的文章，读者群为我们家的老头老太太。"鸿雁传情"，主要刊登亲朋好友的来信来电和祝福等。

经过一个月精心的准备，我们家的第一份报纸《幸福家庭报》终于在2019年的第一个月诞生了，看着凝聚了我们一家人心血的报纸捧在手里，闻着那散发出来的油墨香味，我们心里都有种说不出来的幸福和激动。作为新年礼物，我们把这份报纸给每位亲人朋友都邮寄了一份，得到了他们的大力支持和赞扬，这更坚定了我们办下去的信心。同时，因为有了这份报纸，我们家人团结合作，共同努力，增进了彼此间的感情和信任。尤其是儿子，自从在家庭报上发表了几篇作文后，得到了二十元的稿费，写作积极性大增，作文水平有了明显的提高。一份小小的家庭报，让我们家充满了无限的温暖。

围炉过年

每年除夕夜，我们家都有围炉守岁的习惯。

大年三十晚上一吃完团年饭，我们便会把闲置一年的炉子给搬出来，找来柴火，把炉火生得旺旺的。一家人围着炉子，嗑着瓜子，看着电视，边吃边聊，述说着一年来的酸甜苦辣，静盼着新年的到来。每年的这个时候，便是我们家最温暖最难忘的时刻。

每年的年三十晚上，在大家围着炉子守岁的同时，我们都会进行一个一年一度的"年会"，叫"家庭年终总结会"。这个年会已经在我们家延续很多年了，每年的这个时候，我们家里的每个人在新年即将来临之前，都要对自己一年来的工作学习生活等情况做个简单的总结，看看自己一年来收获了什么，在新的一年里有什么打算，为自己的人生做个小结。

今年我们家的"年终总结会"在年三十晚上八点钟正式拉开了序幕。按照从老到幼的顺序，作为老村长的老爸首先发了言。老爸说，"这一年，我在家搞多种经营，不仅承包了村里的两亩鱼塘，赚了近两万元钱，而且还带头承包了一大片荒山，种植了十多亩果树，带领村民们走上了致富的道路，被县上评选为致富带头人，实现了名利双收，最主要的是看到村民们的日子渐渐地好了起来，心里感到无比的满足，这让我感觉这一年来，自己的日子没有白过。"父亲的发言获得了全家人热烈的掌声，我们都为父亲这一年来取得的成绩感到自豪。接着母亲接过父亲的话继续说道："你们爸这一年来是取得了一小点的成绩，但如果没有我在家默默地支持，他哪有今天的风光？你爸每天天不亮就出门，很晚才回家，整天都为村里那点事情忙得团团转，家里大大小小的事情全由我一个人操持，要不是我，这个家早就乱成一团了。所以说，军功章上有你的一半，也有我的一半。"母亲的发言让我们在为父亲的成绩感到自豪的同时，也对母亲无私的付出由衷地敬佩。

在二位老人都发言完毕后，我也把自己一年来的工作和生活做了个小结。这一年来，我的日子有苦有甜。这一年，我先后辗转四川、广西、重庆、广东等省市参加了七次公务员考试，成了一名名副其实的"考霸"，但最后都以失败告终，这对我是个不小的打击。但生活也有美好温暖的一面。今年，我利用闲暇时间坚持写作，在各大报刊发表文章两百多篇，在写作上取得了一点点的进步。更重要的一件事是，今年，我结婚了，而且马上就要升级当爸爸了，这让我感到无比的幸福和满足。

最后，作为我们家"新人"的老婆也在我们家的年会上首次发了言。老婆说，这一年，能找到我这么好的老公，是她一生的幸运，在以后的日子里，一定孝敬公婆，相夫教子，做一个好妻子，好媳妇。

大家边吃边聊，一转眼时间已接近零点，新年的脚步已经向我们走来。我们家的"年终总结会"也宣告结束。这一年，我们的生活有苦有甜，但我相信，只要我们努力工作，认真做事，坚持自己的梦想，来年的日子就会像眼前的炉火一样，红红火火，越过越好。

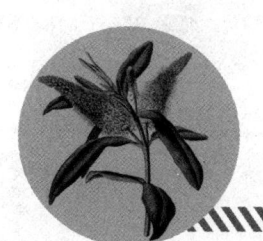

第三辑　心灵感悟

真正的上帝

那年，我还在北方一所师范大学读书。四年的大学时光转眼间就要过去了，临近毕业，同学们都在为各自的前途而紧张地忙碌着。每天，同学们都会奔赴于各地的人才招聘会，制作的各种精美简历如雪花般满世界地飞。随着扩招的加剧，每年毕业的大学生多如牛毛，离毕业还有最后短短的两个月时间了，可班上找到工作的同学却还没有一半，现在大学毕业要想找一个理想的工作实在是太难了。

那段时间，每天天不亮，室友们就拿着简历奔赴于各地的招聘会了，直到很晚才拖着疲惫不堪的身子回到寝室。每晚，从他们紧锁的眉头和唉声叹气的语气中就知道，一天的辛苦又宣告失败了。而我，却过得很惬意。因为我的父亲早就在家乡给我找好了关系，说只要花上几万元钱，进市里的国家级重点中学上班是没有问题的。那段时间，几乎寝室里的每一个同学都对我的将来羡慕得不得了。同学们都说我真幸运，有一双上帝之手在帮助我，用不着像他们那样一天到晚没完没了地到处奔波了，也不会到处受人家的白眼。当时，我也在暗中庆幸自己有这样的一双上帝之手。要知道，凭我们学校的名气，毕业的学生能进个普通的农村中学就很不错的了，何况我要进的是市里的国家级重点中学呢！那段时间，当同学们每天奔波于各种招聘会时，我却赖在床上耍手机、打游戏，我一直坚信，我的明天就如同学们所预料的那样，会变得无比的美好。因为有一双上帝之手在帮助着我。

　　临近毕业的时间越来越近了，寝室里的兄弟们经过自己不断的努力也大都找到了自己满意的归宿。而我的工作却始终未落实下来，这让我心里有种隐约的不安。后来，突然接到了父亲打来的电话。父亲在电话里叹气说我们被人给骗了，原来答应给我们跑关系的那人是个骗子，在收了父亲送的几万元血汗钱后就不知去向了。当时，我几乎被这个消息搞懵了。这怎么可能呢？我一下子如同走丢的孩子，根本找不到自己以后的人生方向。眼看毕业在即，同学们都找到了自己满意的工作，而此时上帝却给我开了个天大的玩笑。现在的我居然成了寝室里唯一一个还未找到工作的人，我的"国重梦"落空了，想想自己此时的处境不禁悲从中来。那晚，我躺在自己睡了四年的床上久久不能入眠，回想自己这几年来在大学里每天刻苦用功地学习，可到头来却要靠父亲走关系找工作，还被人给骗了，心里突然有种阵阵的隐痛。是什么原因让我堕落成现在这个样子呢，难道几年的大学学习换来的只能是靠钱走后门才能找到工作吗？那我这几年的努力不是白费了吗，我自身的价值又在哪里呢？突然，我不禁为自己这几年的大学学习不值，也为曾经想靠关系找工作的那种行为感到惭愧。

　　那晚，我并没有因那几万块钱被骗没能进国重而悲伤，相反，我却感到欣喜。它让我获得了从未有过的清醒，让我对自身的价值重新进行审视。我相信这个世界上除了钱重要外，还有比钱更重要的东西，那就是一个人做人的品质和能力，这是无论在任何时候都不能丢的，而我却差点失去了这些更为宝贵的东西。幸好，自己明白得还不算太晚。

第二天早上,当其他同学还沉浸在梦乡的时候,我却早早地起床赶赴各地的招聘会去了,我不再相信上帝,不再相信天上会掉馅饼的童话了。后来,凭着在大学期间担任过学生会主席和在报刊上发表了大量文章的优势,我幸运地被一所国家重点中学录用了,而此时离毕业还有不到一个星期的时间。

回首自己曾经走过的那段历程,不禁感慨万千,在现实生活中,人们总是希望有一双上帝之手来帮助自己,都希望得到它的庇护。可事实上,世间并没有上帝,如果非要说有的话,那就是你自己。因为你才是自己真正的上帝啊!

做自己的伯乐

临近大学毕业，很多同学都在为能找到一份不错的工作而到处奔走着，我也加入到了竞争异常激烈的求职大军中，希望能有一位伯乐相中自己，给自己一个展现才能的舞台。

那时候，我每天早上五点就起床，每天辗转于这个城市的各个招聘会。有时候，为了一个不错的职位，我甚至连夜坐火车赶到几百里外的城市去应聘。但每次，我都是带着失落的心情，沮丧而归。

那晚，辗转难眠的我把自己和那些找到工作的同学好好地比较了一番。我发现，基本上他们每个人都有自己的特长。有的同学英语说得好，有的同学琴弹得不错，有的同学口才一流。再回过头来看看自己，似乎没有一样拿得出手的看家本领。

有一天，当我向一位找到工作的同学表达无限的羡慕之情时，没想到那位同学却说："你羡慕我，我还羡慕你呢！其实你在报刊上发表的那几百篇文章，就是你最大的资本啊！"同学的话让我忽然之间眼前一亮：原来我也是有特长的。

第二天，我把自己这几年来在各大报刊上发表的文章好好地整理了一下，并重新做了份求职简历，然后满怀信心地敲开了一家招聘单位的大门。这次我非常幸运地遇到了我的伯乐，老总在看了我的几百篇文章后，非常赞赏地点了点头，当即决定录用我。

这次求职的成功，使我有了很多的感想。

在生活中，我们每个人都希望能遇到一位能赏识自己的伯乐，但当你的才能没有完全被伯乐发现的时候，你就要自己做自己的伯乐，找到自己最大的才能并把它展现出来。有时候，自己才是自己最大的伯乐。

做一粒醒目的红豆

　　大学毕业后，我加入到了数以万计的求职大军中。虽然自己也算是重点大学毕业的，但没有一点醒目的硬件拿在手，于是在众多的求职者中，我如同一粒泥沙一样，淹没在求职大军的洪流中。

　　有一天，当我把如今大学生找工作的艰辛向在仓库里当主管的表哥谈起的时候，表哥微笑着说："如今找工作的大学生满街都是，你没有一点不同于其他人的特点，别人怎么会发现你的才能呢？"说着，表哥不知从哪里找来了一把绿豆，拿出一粒递给我看，表哥说："你看好了，这是一粒绿豆，如果我把它混合在这一把绿豆中，你能够发现它吗？"表哥说完，就把那粒绿豆放回了他手中，无奈那粒绿豆和其他的绿豆都大同小异，没有什么明显的特征，任我怎么找也找不出来。接着，表哥拿出了一粒红豆，同样把它放到了那把绿豆中，叫我把红豆给找出来。因为红豆有明显的颜色差异，在那一把绿豆中格外醒目，不用多看就很轻易地给找出来了。看我不解的神情，表哥说道："知道为什么红豆混在绿豆中很容易就找出来了吗？那是因为它的颜色很醒目。现在找工作的大学生那么多，但都如同那一把绿豆一样，个个都是大同小异的简历，穿着同一颜色的西装，怎么能吸引别人的眼球呢？只有把自己变成一粒红豆，别人才能发现你不一样的才能。"

表哥的话让我感受颇深。

后来，在一次公司的面试中，作为对大家综合能力的考察，经理要求所有的应聘者都要表演一个节目。当其他的应聘者纷纷为是表演唱歌还是跳舞而犹豫不决的时候，我却自信稳重地走到了舞台中央，用一口标准的普通话说道："首先非常感谢各位领导和嘉宾的光临，今天由我担任这次演出的主持人，下面请欣赏第一个节目……"

那天，我那稳重得体的主持风格给经理及所有的人都留下了深刻的印象，我的主持才能也得到了经理的赞赏，经理说："你很勇敢，也很有才华，相比其他的应聘者来说，你最大的优点就是善于把自己放到焦点的位置上。"结果，我在数以百计的求职者中很幸运地通过了面试，终于赢了一回。后来我想：如果当时我也像其他应聘者一样，唱一首歌或跳一段舞的话，也许我也会像那粒绿豆一样，淹没在无声的人流中。还好，我选择了做一粒醒目的红豆。

遗失的种子也会开花

　　她是我班上的一名学生，刚生下来不到一个月，就被重男轻女的父母给遗弃了。后来，是一户好心的人家把她给捡了回去，收养了她。收养她的那户人家非常的贫穷，每天放学后，她都要背上背篓，到山坡上去打猪草。回家后，还要煮饭洗衣，同时还要照顾比自己小两岁的妹妹。大概是知道自己身世的缘故，从小，她就特别地自卑，每次课堂上的问题，她都不敢举手发言。当别的小朋友兴高采烈地玩游戏时，她总是一个人默默地在角落里观望。我知道，课堂上不举手不是因为她不知道答案，只是因为她有只手长了六个指头，她是怕别的同学笑话她。但每次考试，她都是班上的第一名。不去玩游戏也不是因为她不爱玩，而是因为她怕自己唯一的一件新衣服，在游戏中不小心被同学给撕破了，那可是她辛辛苦苦打一年猪草才换回来的。她是那样的自卑，又是那么的懂事，作为她的老师，我倒是希望她能活泼点，哪怕是犯点错误，我也会开心几天的。她那种因自卑而过早的懂事，往往让我有种无法言说的难过。

那年春天，班上组织大家到学校后面的一个花园里去种花。那天，大家都很兴奋，同学们拿上锄头、镰刀、水桶等工具，欢快地朝花园跑去。她那天拿着花籽儿，一个人默默地走在大家的后面。那是一条极细的小路，两边都是杂草丛生的荒地，等到了花园，她忽然发现，装花籽儿的口袋破了一个小洞，一小半的花籽都洒出去了。虽然大家都没有责怪她，但她却非常的难过，一路上沿着原路小跑着回去，她想把那些散落的花籽儿一粒粒地捡回来，但路边杂草丛生，那些种子早已不知去向。那个上午，她站在那条路上，泪流满面。

两个月后的一天，当我再次走在那条小路上的时候，我惊喜地发现，在路的两旁长满了一束束的小花，一只只的蝴蝶在上面飞舞着，很是好看。放学后，我把她留了下来，带着她沿小路再走了一遍。她似乎也被路边的小花吸引住了，脸上露出了不多见的笑容。我问她知道这路边的小花是怎么长出来的吗？她想了想，恍然大悟道："一定是我上次漏在路边的种子开的花。""对啊！你看，这些被你丢掉的种子，不是照样开出了花园里一样美丽的花儿了吗？"见她专注的眼神，我继续说道："你看这些种子，别人遗弃了它们，但它们自己并没有遗弃自己，我们是不是也应该向这些种子学习呢，即使别人遗弃了我们，我们也不要放弃自己，而是应该像这些种子一样，努力生长，最终开出和花园里一样美丽的花朵来。"听了我的话，她若有所思地久久地伫立在路旁，眼里面有晶莹的东西在滑落。

那天回来后，她似乎变了个人一样，课堂上从不举手的她渐渐地把手举过了头顶。不爱笑的脸上也逐渐多了几道美丽的笑容。后来，她上了高中上了大学，走出了那个偏僻穷困的小山庄。突然有一天，我收到了她从远方寄来的信，她在信中写道："老师，谢谢您，是您让我知道了，即使是一粒遗失的种子，也会开出美丽的花朵来。"

自卑也美丽

从小到大，我一直是个自卑的人。

上小学时，因为家境贫穷，我常常因为交不上每学期十元钱的学费而面临辍学，常常因为买不起一支铅笔而被班上的同学嘲笑。从小，我就像一棵小草一样，卑微地活在别人的眼里，小小的心里早早地懂得了自卑的滋味。但自卑的我却没有自弃，我想，上帝没有给我富足的生活，但却给了我聪明的头脑，在每次考试中，我的成绩从来没有下过年级的前三名。

小学毕业后，我以优异的成绩考入了县城的重点中学，第一次走出了那个偏僻落后的小村庄。城里的生活让我这个来自乡间的农村娃感到新鲜和好奇，我第一次看到了那么多的汽车，第一次看到有人拿着叉子吃西餐，也第一次看到了自己和城里孩子的差距。当班上的许多同学计算机用得顺手熟，钢琴弹得阵阵响，英语说得呱呱叫时，我却连普通话都没说标准，更别说电脑了，我家连电视都没有一台。于是，自卑的种子又一次在心里萌芽了。我知道，一无所有的我，除了比别人更努力外，我没有别的选择。一年下来，那些拗口的英语，我居然也能说得滚瓜烂熟，电脑、钢琴，我也能凑合着弹一弹。

进入大学后，原以为身为"天之骄子"，可以好好地歇下来喘喘气了。但无奈，严峻的就业形势让我没有一点轻松的喜悦。别的同学，父亲不是局长，就是主任，再差也是个科长。而我的父亲，却是个地道的农民。眼看毕业在即，当别的同学因为有一个有能耐的父亲而纷纷进入不错的单位工作时，身为农民儿子的我，再一次自卑了。但穷人的孩子没有资格抱怨，我想，即使我没有一个当官的爹，我也要活出个人样来。好在，大学四年的努力没有白费，临近毕业，非官二代的我居然也找到了一份不错的工作。

一路走来，自卑与我如影随形。其实，有时候自卑并不是一件坏事。懂得自卑的人，常常能够看到自己的不足。因为自卑，我们比别人更勤奋；因为自卑，我们把自己的姿态放得更低，而把手上的小事做得更好。每一次的进步，都是我们一个自卑的结束，同时又是另一个自卑的开始，因为自卑，我们永不满足，永不停步。自卑，其实也很美。

总有盏灯为你点亮

前不久,表弟报名参加了某电视台举办的一档近来非常火的相亲节目,期望能借助此机会早日找到属于自己的幸福。

其实,表弟的条件并不是太好,大专毕业后的表弟很长一段时间都没有找到合适的工作,后来在朋友的帮助下进了本市的殡仪馆工作,负责为逝者的遗体进行整容。表弟相貌平平,工资不高,和电视上那些派头十足的海归博士、公司老总等相亲男士相比,表弟确实没有任何的优势。现实中,表弟也相过几次亲,但人家女孩子一听到表弟的工作单位,就吓得花容失色,夺路而逃,不敢再约会下去。渐渐地,表弟对相亲也失去了信心。眼看着表弟的年龄越来越大,这可急坏了表弟身边的亲人朋友们,尤其是姑妈更是下了死命令,今年无论如何也得带个女朋友回去。后来,在电视上看到了近来非常火的一档相亲节目,抱着试试看的心情,姑妈悄悄地给表弟报了名,可没想到,在异常火爆的名额竞选中,表弟居然通过了电视台的选拔,被邀请去参加节目组的现场录制,这让我们大家都觉得有点意外。

虽说表弟通过了节目组的审查，但能否在节目上找到属于自己的"另一半"，我们都不抱什么希望，毕竟表弟的"硬件"确实太少了，面对台上那些挑剔的女嘉宾，很多优秀男士都纷纷败下阵来，何况"一无所有"的表弟呢？

节目录制那天，表弟精心地把自己打扮了一番，信心满怀地上了场。按照节目组的规定，场上每个女嘉宾的面前都有一盏灯，如果对新上场的男嘉宾比较满意的话，就为他留下自己手中的灯。相反，如果女嘉宾觉得男嘉宾不适合自己，就灭掉自己手中的那盏灯。表弟是那天第三位上场的男嘉宾。表弟刚一上场，就有几盏灯迅速地灭掉了。后来，表弟把自己的基本情况向女嘉宾做了个简单介绍，当表弟提到自己在殡仪馆工作时，只听得噼里啪啦的一阵乱响，现场所有的灯迅速地灭掉了。此时，场上的气氛有些尴尬，面对众多的现场观众和各位女嘉宾，表弟当时也突然紧张了起来，我们都为表弟捏了一把汗。几秒钟后，表弟慢慢地平静了下来。表弟说："感谢各位女嘉宾能支持我到现在，我知道自己并不优秀，我没有体面的工作，显赫的身世，英俊的外表，但我有一颗善良真诚的心，很多人对我们从事的工作有偏见。但我要说，我热爱我的工作，能够为逝者做最后的装扮，是我的职责，也是生者对死者最后的尊重，我觉得我是世界上最快乐的人。最后，我要说，无论如何，我都相信，总有盏灯为自己点亮，只有用心照亮另一颗心的人，才是我真正要找的人。"那天，表弟的话一说完，台下观众立刻响起了雷鸣般的掌声。

虽然表弟那天在现场没有找到属于自己的"另一半"，但节目播出后，给表弟写信打电话联系的观众却排成了长龙。后来，表弟终于在众多的联系者中找到了自己的幸福。一名叫芸的女孩成了表弟的女朋友。当问到为什么选表弟的原因时，芸说："那天他在现场的一席话让我很受感动，他虽然朴实无华，但他积极认真上进的心却让我称赞，虽然在节目现场他的灯都被女嘉宾灭了,但当时我就觉得,我的这盏灯应该为他而亮。"

　　表弟的故事让我感慨颇多,其实我们很多人都不是大富大贵,英气逼人的白马王子,但只要你用心去做好你自己,那么总有盏灯会在不远处为你点亮。

幽树多花

那年，大学毕业的我被分配到一所农村初中教书。学校在一个偏僻的山沟里，到最近的县城也有一百多公里的山路。山里的交通极不发达，一年到头都看不到一辆汽车，唯一和外界联系的是一条仅能供一辆马车行使的土路。刚来时，我失望到了极点，想想眼前的这一切就将是我以后所要面对的生活时，我的心已凉了半截。雪上加霜的是，不久后，与我相恋三年的女友又提出了分手，原因是她不希望把自己的一生也像我一样奉献在这个偏僻的山沟里，她想要到外面去寻找一片更广阔的天空。

那段时间，我悲伤到了极点。想想大学里一个班的很多同学平时成绩都不如自己，而现在都纷纷留在了大城市，有着体面而待遇不菲的工作。而我，曾经在大学期间就发表文章数十篇被许多同学羡慕的"校园才子"却落得如此的境况。如此大的反差，直让人感叹时运的不济。每天晚上，我都会在失落与失恋的痛苦中从梦中惊醒。最让人难以面对的是课余时那无边的孤独，由于学校位于大山深处，一年都难得见到一个外边的人进村来，一旦有个陌生人经过，都会在小小的村子里引起轰动。每天晚上，寂寞就如期而至，仿佛一张大嘴，要把人吞噬。

这样的日子让人看不到希望，整整半个学期过去了，我都是在昏昏噩噩中度过的，基本上没有认真备过一节课。从良心上讲，我是个不合格的老师，有愧于老师这个称号，更对不起山里的孩子们。那时，我已经对未来不抱任何幻想了，每天睡到天亮，然后一到上课时间就拿着一本书急匆匆地朝教室赶。我想，既然注定这就是我一辈子所要过的生活的话，那么日子就这样混着过吧！

突然有一天，老校长找到我，说要和我到学校的后山上去散散步。老校长在学校干了一辈子，把自己的一生都献给了这所学校。那天，走到半山腰上，突然闻到一股淡淡的幽香，沁人心脾，循香望去，原来是一棵叫不出名的老树，树上繁花朵朵，开得很是灿烂。老校长指着那棵老树说，这叫苦楝树，叶子很苦，但开的花却很香。这种树有个特点，喜静。只有在深山或幽僻处才会开花，而人多或嘈杂的地方是看不到这种树开花的。所以，只有那些能够忍受得了寂寞或孤独的人才能有机会看到它美丽的花朵。正因为这种树生长在幽静偏远处，少了尘世的喧嚣与嘈杂，所以开的花才比别的树多，也更香。其实人也和树一样，只有耐得了寂寞，静得下心的人，才会比别人多出成绩，开出更多的"花"来。

那天，老校长的话给了我很多启发，躁动的心也渐渐平静了下来。此后，我认真备好每节课，努力上好每堂课，课后利用闲暇时间我读了大量的书，大大丰富了我的知识和阅历。晚上，我不再对命运的安排抱怨不已，而是利用手中的笔写下了大量的文章并发表在报纸杂志上。三年后，我如愿调回了城里。

幽树多花，也许只有耐得住寂寞的心，才能在嘈杂的尘世中开出芬芳的花来！

做一株能低头的麦穗

　　小时候，每年春天到来的时候，我都会和父亲一起到田里去播种麦子。父亲先用锄头把种麦的麦窝锄好，然后再在每个窝里撒上十几粒麦种。当时，我对父亲的这种播种方式感到很疑惑，一般来说，每一个麦窝一般撒上四五粒种子就够了，因为如果撒的种子太密的话，是会影响麦子的生长的。那天，我把自己心中的疑惑告诉了父亲。父亲听后，指着手中的一把麦种对我说："你别看我每一个坑都撒那么多种子，其实并不是每一粒麦子都能发芽的，这十几粒种子撒下去，能发芽的最多就只有四五粒。只有那些吸足了水分，结实饱满的种子才能发芽，其它的种子只能在泥土中烂掉了。"那天，父亲这种广种薄收的思想深深地印在了我脑海里。

　　大学毕业时，眼看班上的同学都找到了满意的工作，虽然我成绩优异，但始终没有一家单位愿意接纳我。带着一份内疚和不满的心情，我回到了家乡。此时，内心的失落让我整日郁郁寡欢地独守在房间里。父亲怕我闷出病来，对我说，一起去收麦子吧，顺便出去散散心。当时，正是小麦收割的季节。那天，外面阳光晴好，而我的心里却下着雨。父亲把我带到麦田，接过父亲手里的镰刀，我拼命地割着地里的麦子，似有无限的怨气要发泄，就连镰刀划破手指也浑然不知。割着割着，看着手里的一把把麦子，我不禁感慨万千，突然想起了小时候种麦时父亲对我说的话，原来我就是那一粒发不了芽的麦子，为什么同是"种"在大学这块土壤里的"麦种"，别人毕业就能找到工作，而我却成了失业青年。现在，正是麦子收获的季节，而我的"麦子"又在哪里呢？

父亲似乎看出了我的心事，走到我跟前，拍着我的肩膀道："你看那些麦穗为什么总是低着头呢，那是因为它们成熟了。越是成熟的麦穗越懂得低头。其实，人就是一粒麦子，不仅要有能力生根发芽，当他成熟时，更要学会低头。你虽然大学毕业了，但你做事老是自以为是，目中无人，看不到自己的缺点，你想谁会要一株昂着头的青麦穗呢？人，不仅要做一粒能发芽的麦种，当他成熟时，更要做一株会低头的麦穗啊！"

那天，父亲的话让我思索了很久。是啊！虽然我在大学时的成绩不错，但我为人太过张扬，始终低不下那高傲的头来。我想，现在是我像麦穗一样，低下头来的时候了。

不做梦想的羽毛

大学毕业后,我来到了一家非常不错的外资公司上班,和我同一天上班的,还有刚刚大学毕业的华,我们俩是同一天被分配到同一办公室的。在工作上,我和华都很卖力,而且能力不相上下,为此常常得到经理的赞赏。但我性格比较爱玩、爱动,平时工作之余喜欢约上几个朋友吃吃饭,唱唱歌什么的。而华的性格却比较内向,平时也没什么爱好,唯一打发业余时间的去处就是图书馆,为此我常常笑他是个"书呆子",现在单位不错,还像读大学时那么辛苦地去读书你傻不傻?每次,对于我的不解,华都是报以微微一笑。

一年后,公司要从我和华俩人中提拔一位担任办公室副主任一职。对于这一次提拔,我是非常有信心的。首先在工作能力上,我不会输给华,而且我性格外向,善于交际,比较适合办公室的工作,更何况我是名牌大学毕业的研究生,而华仅仅是一名三流学校的本科生。我想,办公室副主任的职位,应该是非我莫属的。一个月后,任用的名单下来了。出乎我预料的是,我竟然落选了,而华却当上了办公室的副主任。这让我感到很不甘心，为什么堂堂名牌大学的研究生不用，而让一个小本科生当副主任呢，一定是单位的领导偏心。在以后的工作中，我像变了个人一样，在工作上也没有以前的热情了，总是以应付的态度对待着。

我的情绪变化很快引起了经理的注意，一天下班后，经理约我一起散步。那天，走着走着，经理突然不知从哪里拿出了一根羽毛来。经理说："来，我们玩个游戏，看你能把这根羽毛扔多远。"接过经理手上的羽毛，我使出浑身力气，想把它尽力扔远些，但无奈的是，羽毛实在太轻了，我扔了好几次，结果都扔不远。经理又突然从地上捡了块石块，递给我说："来，试试这个，看你能扔多远。"因为那块石块比较重，结果我轻轻一扔，就扔出了十几米远。经理拍拍我的肩膀，问道："知道为什么这石块比羽毛扔得远吗？""因为石块比羽毛重！"我回答道。"对啊！一个人的梦想能飞多远，不在于他身上的羽毛有多美丽，而是取决于他自身的重量。羽毛即使再华美，也飞不远。你知道公司为什么没提拔你吗？其实你就像那根羽毛，虽然你有名牌大学研究生的学历，有像羽毛一样美丽的外在，但你比较贪玩，而且容易自满，看不到自己的短处，结果自身的重量越来越轻。而华虽然只是一般院校的本科生，但他踏实认真，勤奋上进，这一年来，他不断地到图书馆去学习，用知识和能力增加了自己的重量，他就像那块石头，虽然没有华丽的外在，却因为自身的重量，所以比羽毛飞得更远。"

那天，经理的话让我羞愧难当。原来骄傲自满的我，在不知不觉中，渐渐地失去了自身的重量，结果就像那羽毛，虽然美丽，却飞不远。在以后的工作中，我希望自己能像那石块一样，用我的知识和能力来增加它的重量，让它飞得更高，飞得更远。

破掉的瓦罐

　　小时候，家里有一只装水用的瓦罐，不记得是哪一天，我们几个小孩在家里满屋子地疯跑着做游戏，突然，只听得"哐啷"一声，家里的那只瓦罐不知被谁不小心给碰翻在地，盛着的水湿了整个屋子，原本完好的罐子也因为剧烈的震动而开了裂，破了一道长长的口子。看着摔坏的瓦罐，我们个个都面带灰色，父亲走了过来，狠狠地教训了我们一顿。看着摔破的瓦罐，母亲不禁也深深地叹息道："多好的瓦罐啊！这瓦罐用了几十年了，可惜被你们几个淘气鬼给弄坏了，看来以后它是不能装水了"。

　　从此，这只不能装水的瓦罐就被放在了家里一个不起眼的角落里面，失去了它原本作为一只装水的容器所具有的意义了。渐渐地，人们开始淡忘了这只破罐的存在了，只是有时我们几个小孩在极度无聊的时候，会把它拿出来当球一样地踢几脚，有时踢完以后我们也不去管它，让它躺在沙土或淤泥中，任凭风吹雨打。甚至有时，我们还会恶作剧般地故意在它上面撒上一泡尿。我们想，这只瓦罐算是完全报废了。因为它现在实在是又丑又臭了，水是不能装了，因为被淋了尿的缘故，后来我们甚至连踢它几脚的兴趣都没有了。

突然有一天，当我们放学回家时，看见在路边躺了几个月的那只破罐不见了。我们一路上不停地想它到底上哪里去了呢，我们几乎想破了脑袋，却百思不得其解。一只又破又丑的瓦罐，谁会要了它去呢？后来，我们在隔壁张大爷家里发现了它的身影。张大爷教了一辈子的书，刚刚退休在家，平时有养养花草的爱好。原来我们那只瓦罐是被张大爷拣去准备养花呢！张大爷把瓦罐装上了土后就从另一个花盆中移了一株水仙花过来种在了里面。经过张大爷的精心培育，短短几个月时间，我们那个瓦罐里就花香扑鼻了，惹得我们这群小孩每天一放了学就会跑到瓦罐前去逛两圈，看看哪朵花又要开了，闻闻哪朵花又变香了。

有一天，张大爷笑呵呵地问我们："好看吗"？"好看"，我们都不约而同地答道。"那知道这花儿为什么长得这么好吗"？我们不解地摇了摇头。张大爷指了指那只破了的瓦罐，然后意味深长地说道：因为这是一只破了的瓦罐啊！如果是只完好的瓦罐，把花种在它里面，因为浇的水没有适当的缝隙可以流出来，水在罐里积多了就会把花给淹死的，而这只破了的瓦罐因为有缝隙就可以让多余的水给流出去，这样就能恰好地保证花儿所需要的水分，又不会因为瓦罐里的水太多而把花儿给淹死了。听了张大爷的话，我们若有所悟地说道，原来破罐也有它的用处啊！

那次，从张大爷家回来后，我的心里久久地不能平静，为曾经我们把那只瓦罐作为废品乱扔的行为而惭愧。原来，这么久以来我们都忽略了它存在的价值了。后来，从这次的经历中我渐渐地明白了，其实，有时我们的人生也就如同那只被人碰倒的瓦罐，被现实摔得伤痕累累。但即使这样，我们也不应该放弃对理想的追求和对生活的信心。因为生活中的瓦罐，除了能装水外，还能种出许多鲜艳无比的花来。

后来，我们又陆续打破了好几个瓦罐，但却再也没有乱扔过一个。因为我们知道，即使是一只微不足道的破罐，也有它存在的价值。

写好人情这篇大文章

　　大学毕业后，我应聘到了一家非常不错的公司担任办公室秘书，因为文笔较好，时常有文章在全国各大报刊发表，写出的公文也很合公司老总的口味，所以在公司常常被人称为才子，老总对我的才能也非常的器重和赏识，平时有什么应酬聚会的也经常把我带在身边。那时，刚刚走出校门的我便能得到领导如此的器重，心里难免有些得意忘形，虚荣心也渐渐膨胀起来，在其他同事面前难免显得高傲。后来，与其他同事的关系也逐渐疏远起来。那时我想，我们都是凡人，不可能让身边的每个人都满意，只要我努力地工作，能够获得老总一个人的赏识就够了，至于其他人的看法，我大可不必在意。

　　为了博得老总更多的信任和赏识，一年来，我时常熬夜赶写领导的讲话稿、工作总结等，并时常为老总鞍前马后地搞好各类后勤服务工作。一年下来，我共撰写了数十篇领导讲话稿，并有数百篇散文诗歌在报刊发表。一年后，刚好办公室副主任因工作变动调离了岗位，空缺的副主任职位无疑成了很多人争相竞聘的对象。对于竞聘办公室副主任这个职位，我还是很有信心的，毕竟自己文笔不错，深得领导器重，又发表了那么多篇文章。我想，这个办公室副主任的职位，应该非我莫属了。

那天，公司在全体职工中进行了办公室副主任的公开竞聘。首先由各竞聘者做竞聘演讲，然后由职工进行公开投票，投票多者获胜。和我竞聘这一职位的是办公室的另一名秘书，比我大两岁的魏哥。那天，我和魏哥各做了十分钟的竞聘演讲，我把自己一年来发表的各类文章作为重点在演讲中进行了介绍，希望能为自己的获胜加分。演讲结束后，接下来就是紧张的投票环节。投票结束后，怀着喜悦和必胜的心情，终于等到了公布结果的时刻。但出乎我预料的是，最终获胜的不是我，而是魏哥。出乎预料的结果让我很是感到委屈和不公，为什么魏哥文章没我写得好，平时工作没我努力，而最终获胜的却是他呢？一周下来，我像跌进了冰窖一般，心冷到了极点。

公司老总好像看出了我的心思，那天下班后，老总专门请我到咖啡馆去喝咖啡，问我最近是不是有心思，为什么工作老是不在状态。当我把竞聘办公室副主任失败的苦恼向老总倾诉后，老总微微一笑，说："小蒋，中国有句古话，叫'世事洞明皆学问，人情练达即文章'，论文笔，你的文章是比小魏写的好，也很努力，但小魏有个优点，就是善于处理和同事间的关系，善于协调各部门的工作，而你虽然有才，但有点恃才傲物，显得高傲，不善于协调和同事之间的关系。做办公室副主任，不仅要有好的文笔，更要有处理人际关系的能力，这也是为什么小魏能够获得更多的支持票的原因。希望你在以后的工作中，不仅要写出好的公文，更要写好人情这篇大文章，我相信凭你的才能，将来一定会前途无量的。"

那天，老总的话让我让我思索了很久。是啊！虽然我文笔不错，但我为人太过高傲，始终低不下那高傲的头来，不善于和同事协调沟通。我想，在今后的工作中，我不仅要写好老总交代的各类公文，更要写好人情这篇大文章。

不比较才快乐

　　表弟大学毕业后应聘到一家国有煤矿担任办公室秘书。虽然表弟文笔一流，踏实勤奋，担负起了整个办公室文件的起草、收发等工作，但表弟不善交际逢迎，来单位工作好几年了，却始终得不到提拔。眼看比自己后进单位工作，学历和能力都不及自己的同事都得到了提拔，表弟心里很不是滋味，渐渐地对工作也失去了热情，整天都在浑浑噩噩中过日子。

　　春节期间，和久不联系的表弟终于有了一次难得相聚的机会。表弟一脸失落地说道："我的这个工作干起来真的是太没意思了，我一天像头老黄牛一样起早摸黑地把全部的精力都投入到了工作上，担负起了整个矿文件的起草、收发等工作，还要负责办公室杂七杂八的很多琐事，可到头来呢，什么都没得到。倒是那些能力不如自己，一天只会跟领导曲意逢迎的人得到了提拔，你说我的心里能好受吗？"听完表弟的话，同在煤矿办公室工作的我对表弟现在的心情表示深深地理解。但要干好工作，要得到领导的提拔，光有抱怨是不行的。我对表弟说："表弟啊！比较如同石子，你的心就是湖面。有了比较，就有了计较，有了纷争，心也就乱了。而人一旦心乱了，就干不好工作，干不好工作，就不能得到领导的认可，不能得到领导的认可，就不能得到领导的提拔。虽然你现在还没得到提拔，但只要你踏实认真地继续干好办公室的工作，把你的才能发挥出来，我相信是金子总会发光的，领导总有一天会提拔你的"。

听完我的话，表弟忧郁的脸上顿时明亮了起来，表弟说："谢谢你，表哥，是你让我明白了只有不去比较，才会快乐，在今后的工作中，我将一如既往地干好本职工作，不去计较个人的得失，也不去和身边的人比较了，我相信，只要我认真勤奋，好好把工作干好，总有一天我会得到领导的认可的。"那天，我和表弟有个约定，等明年春节期间，我们还在这里聚聚，看看大家彼此都有哪些进步。

第四辑 流年碎影

照张相片过个年

关于儿时过年的许多记忆，早已随着时光的流逝而变得模糊了，但唯独难忘的是儿时过年前照相的情景，现在想来，仍历历在目，仿佛昨天发生的事情一般。

那时，农村生活紧张，一年内难得吃两顿饱饭，肉更是少得可怜，只有逢年过节时家里才会买回那么一两斤五花肉来打回"牙祭"，这便算是一年内难得的好日子了。于是那时，作为孩子的我们，天天盼望的就是过年了。因为在过年时，不仅可以美美地打上一回"牙祭"，而且更让我们向往的是说不定还可以照一回相呢！

那时，照相在农村还是个新鲜事儿，很多人活一辈子都没有一张自己的照片。过年前，偶尔会有一两个照相的师傅下乡来，师傅每到一个村庄，屁股后面准会跟上一大群的男女老少，都看热闹似的围着他转，小孩更是形影不离地在师傅旁边跑来跑去，别提有多开心了。但都是看的多，实际上真正照相的没几个。那时人们穷得叮当响，哪还有多余的钱拿出来玩这种"洋荤"啊！不过，也有玩得起这"洋荤"的。那天，我的邻居何二就玩了一回这种"洋革"。何二和我同岁,平时我们一起到处跑着疯玩,他父亲是个杀猪匠,虽说不上是有钱人,但当时在我们眼里绝对是个"大款"了。那次,何二成了我们村上唯一一个玩过这种"洋革"的小孩,几天后,相片拿下来了,照片上的那个何二笑得一脸灿烂,掉了的两颗门牙非常夸张地露着,何二一时间成了小伙伴们羡慕的对象,于是更加的神气起来。那时,孩子的心底总是有那么一点点的虚荣的,看到何二玩了这种"洋革"后,我也向父母提出了自己的要求。我说:"爸,快过年了,人家何二都有自己的照片了,我也要照相"。父亲看了我一眼,眉头顿时紧锁了起来,父亲叹着气说:"人家何二他爸有手艺,挣得来钱,我们家现在连饭都吃不起,哪还有钱去玩那种洋革哦!"我知道家里的现状,知道母亲多病,父亲一个人支撑这个家的里里外外还要供我和姐姐读书有多难,我知道自己不该给他们提出这样过分的要求。突然,我不禁委屈地哭了出来,我哭为什么何二家就有钱,为什么何二成绩没有我的好他却能照相。

　　那天,我的哭声引来了一家人的眼泪。首先是姐姐,姐姐成绩也很好,而且长得非常的漂亮,一直以来,姐姐都希望有一件花格子的新衣服,这是她好久以来的梦想了,她身上穿的那件蓝布衣服还是城里的表姐不要了送给她的,都好几年了,现在已经又旧又烂了。可由于家里穷,姐姐的愿望也一直没能实现。也许是看到我的眼泪后触景生情的缘故,那天,姐姐也跟着我大哭了起来。而此时,我那勤劳却又多病的母亲也禁不住泪流满面,我们三个人就这样抱在一起,任眼泪肆意横流地痛哭了起来。看到我们流泪,平时坚强的父亲也在旁边悄悄地抹起了眼泪。就这样,断断续续的,我们哭了两个多小时。后来,听到哭声的邻居们以为家里发生了什么事,都纷纷前来看个究竟,父亲不好意思地向邻居们解释着眼前发生的一切。邻居们听后都不禁笑出了声来,都说:"我们还以为有什么大不了的事呢,不就是孩子们想买件衣服照个相吗,再困难也不缺那几个钱啊，要是实在没钱的话我们先借给你们就是了嘛。"很快，父亲的手里便有了一大把的零钞，那时邻居们也都不宽裕，那些钱都是邻居们一分一厘地从自己的柴米油盐中省吃俭用而积攒下来的。我清楚地记得，那天是阳历的2月8号，也就是农历的大年三十。那天，我们就在一家人的眼泪中度过了一年的最后一天。也是在那一天，靠着从邻居们那借来的钱，我有了平生的第一张照片，一张属于自己的二寸的黑白照片，一个理着小平头，两眼还挂着泪珠却仍然傻傻地笑着的小男生永远地定格在了记忆中。

那年，我八岁，姐姐十一岁。

时光过得真快，转眼二十多年过去了，我也不再是以前那个挂着眼泪珠子还一脸傻笑的小男生了。如今我和姐姐都已大学毕业，我已不记得自己这些年来已照过多少张背景不同，色彩各异的照片了，而姐姐也不知道换了多少件光鲜时尚的衣服了。但那年，我们全家相拥而泣的一幕却永远的让人难忘，那张二寸的黑白照片也永远地定格在了我的记忆深处。我知道，我是永远无法把它从我的记忆中抹去的了。现在，每年过年回家，我都要和姐姐带上相机，为全家人照一张全家福。我要让一切美好和温暖的回忆都定格下来。

因为我知道，一切的幸福都是那么的来之不易！

借肉过年

  那年，是我们家最困难的一年，先是奶奶生病卧床不起，后来父亲在一次生意中，把家里积攒几年的辛苦钱亏得血本无归，结果被债主追得四处躲债。眼看年关要到了，其他人家都纷纷杀年猪，置办年货，家家户户喜气洋洋，而唯独我们家什么都没置办，在整个村子里显得特别冷清。

  过年那天，我早早地起了床，穿好衣服就往厨房跑，想看看有没有什么好吃的。那时，小孩子一年中最大的愿望就是盼望着早早过年，因为过年可以有好东西吃，有好衣服穿，还可以有自己的压岁钱。那天，我把厨房的上上下下翻了个遍，结果发现除了几块豆腐和一些大白菜外，一点荤腥都没有。带着无限的失望，我极度沮丧地离开了厨房。母亲好像看出了我的心事，轻轻地走过来对我说："娃儿乖，妈妈知道你想吃肉，但今年我们家还欠别人一屁股的债没还，哪里还有钱买肉过年哦，等以后把债还清了，妈妈让你一次把肉吃个够！"。

  我知道家里的艰难，为了还债和给瘫痪的奶奶治病，爸爸过年那天还在帮别人守工地。听了妈妈的话，我懂事地点了点头。临近中午时分，正在院子里玩耍的我突然闻到一股淡淡的肉香味。循香望去，原来是隔壁的何二正在啃着一块又香又脆的大骨头。何二是我的邻居，和我同岁，并且和我在同一个班读书。我平时的成绩总是第一名，而何二却老是在考试中吃"鸭蛋"，为此没少挨他父亲的揍，他父亲总是拿他和我做比较，说何二的成绩有我的一半好的话，他在梦中都会笑醒。每次何二挨完打后都把怨气发在我身上，认为是我抢了他的风光。

何二的父亲是个杀猪匠，所以他们家一年四季都不缺肉吃。我知道，其实何二的那块骨头是啃给我看的，因为他知道我们家的情况，知道今天过年，而我们家却买不起肉。所以，他要趁这个机会，好好地用他手里的那块骨头"报复"我，他要把以前在我面前丢失的尊严都在那块骨头上找回来。于是，何二故意把那块骨头啃得很响，边吃还边用那张满口流油的嘴巴不停地说着"好吃好吃"。看着何二吃得津津有味的样子，我终于忍不住吞了几次口水，我承认，我确实被何二那块威力无比的骨头给打败了。回到家，母亲正在做饭，我一个人跑到房间里，禁不住委屈地哭了起来，我哭为什么何二家就有钱，为什么何二的成绩没有我的好却在过年的时候有肉吃，听到我的哭声，母亲在厨房里也禁不住流下泪来。正在此时，父亲从工地上回来了，看到我们母子泪流满面的样子，父亲深深地叹了口气走出了家门，半个小时后，父亲回来了，同时手里还提着一块足足有五斤重的"五花肉"。父亲说："今天过年，再穷也不能穷了孩子，我到张二哥那里借了块肉，今年过年我们有肉吃了"。

那年，靠着父亲借来的五斤肉，我们一家度过了一个难忘的大年三十。现在过年，大鱼大肉早已不是什么奢侈的食品了，年的味道也越来越淡，但那年借肉过年的场景却永远让我无法忘怀。

有钱没钱，回家过年

那年，刚刚大学毕业的我怀揣着父母从亲戚那里借来的一千元钱，怀着对美好生活的向往，怀着想干一番事业的强烈愿望，毅然踏上了南下广东的列车。

我出生在农村，父母都是老实巴交的农民，为了供我读书，他们几乎是倾其所有，好不容易才让我上完了大学。然而，大学毕业后，在严峻的就业形势下我并没有找到合适的工作，此时，面对家徒四壁的家庭，面对日益苍老的父母，我的心直感到一种隐隐的疼痛和自责。走投无路之下，我突然有了想到外面去闯一闯的打算。

那天，是我离家的日子，父母一夜没睡好，早早地就起了床，一直把我送到火车站，千叮咛万嘱咐叫我在外一定要好好照顾自己，在外好好工作，有事就打电话回家。那天，面对父母那关切的眼神，我禁不住泪流满面。我恨自己白读了这么多年的书，大学毕业了不仅不能为家里做点贡献，反而还让父母为我操心。那天，在上火车前我就在心里默默地发了誓："我一定要在外面闯出个名堂来，等到过年回家时，我一定要买好多东西回家孝敬父母,我一定要让他们看看他们的儿子是多么的有出息。"

然而,现实总是残酷的,来到广东后,才发现这里并不是我以前想象的黄金遍地的人间天堂。这里竞争之激烈,工作节奏之快是我以前根本没想到的。半个月过去了,我始终没有找到一份合适的工作,而身上带的那借来的一千元钱也几乎花光了。万般无奈之下,我进了一家小工厂,做起了和所学专业毫不相干的体力活。工厂干活很累,待遇也不高,好在包吃住,解决了基本的生活问题,一个月下来也有几百块的收入。转眼几个月过去了,年的脚步越来越近了,而我的心却越来越沮丧,想想自己出门时发的誓愿,再看看自己现在落魄的处境,突然对过年变得恐慌起来,心事也越来越沉重。临近年关,工厂的工友们都纷纷回家团聚去了,而我还在为要不要回家过年犹豫着。老实说,我是多么想回家看看啊,对家乡亲人的思念有时都会让我在梦中哭醒,但真要回去,一事无成的我又会让父母多么伤心啊!

痛苦不堪的我在回与不回的抉择中厮杀着,腊月二十八那天,突然接到了家里的电话,电话是母亲专门跑了二十里山路到镇上打来的。母亲问我现在过得怎么样,身体好不好,最后问我过年回不回家。母亲说:"家里的人都非常想念你,奶奶天天都在念叨着你,总是在问你什么时候回家,头发都盼白了……"此时,电话这端的我早已泣不成声,所有的委屈与不快都化成泪水恣意地横流,我把这段时间以来自己工作的不顺以及不回家的原因都一一地告诉了母亲,母亲听后,轻轻地说道:"有钱没钱,回家过年!孩子,回家吧,大家都盼着你呢,我们不要你当多大的官,挣多少的钱,只要过年的时候一家人能快快乐乐平平安安地生活在一起,就是我们最大的心愿!"

放下电话,没有丝毫的犹豫,我提着简单的行李直奔车站。当我回到家时已是大年三十晚上,此时一家人不顾凛冽的寒风都站在门外,盼望着我早早地归来。当看着一家人为我精心准备的一大桌丰盛的菜肴时，我那颗被风吹凉的心逐渐变得温暖起来。"有钱没钱，回家过年"，其实家人并不需要你多么的富有，也不需要你多么的成功，他们需要的仅仅是你能在大年三十晚上，能和他们聚在一起，聊聊天，喝喝茶，吃顿团年饭，送上彼此的新年祝福。也许，这才是他们最大的愿望！

乡村的年味

一到腊月，年味就在乡村弥漫开来。和城市里过年时的冷清相比，乡下人是十分看重这过年的味道的。过年，是乡下人一年来难得的休闲娱乐的节日，他们会用自己朴实的方式，把年装扮得异彩纷呈。年的味道，就在他们的一声声欢笑中，在买回的一担担年货中，在一盏盏灯笼中，在一阵阵鞭炮声中变得越来越浓。

庭院里那一株株燃烧的红梅，是点燃乡村早春的鞭炮。盛装的姑娘，是新年的眉眼。而火红火红的春联，是新年最吉祥的祝福，化作了乡村丰年的音符。

此时，辛劳了一年的农人们，便会抛下生活中的烦扰，把自己融入进欢乐的海洋。舞狮子，踩高跷，唱大戏，抢新娘，一派锣鼓喧天、欢乐吉祥的热闹景象。

乡村的年，最有味的应该是除夕夜。民谣点亮了乡村不眠的灯盏，家家户户的兴奋与欢乐在静谧的灯光里流淌。灶膛里燃着一家的红火，炸圆子、炒蚕豆、煮花生，浓浓的香味把小村熏染得芳香醉人。灶膛里那熊熊燃烧的火焰，把来年的日子烧得旺旺的，一串串的红辣椒，像一盏盏高挂的红灯笼，照亮农家的年月。小孩子天真而快乐地在农家小院跑着跳着，放鞭炮，滚铁环，玩家家，把童年的欢快尽情地挥洒。妇女们则三五成群地围坐在一起，嗑瓜子，剪窗花，纳鞋底，把一年来的喜怒哀乐和闺蜜一起分享。此时的男人们，则显出一种朴实的粗犷，他们买来几瓶老白干，邀上几个志同道合的朋友，炒上几个菜，边吃边聊，计划着来年的生计。他们大口地吃着肉，大碗地喝着酒，划拳的吆喝声响彻整个村庄。他们没有渊博的知识，没有靓丽的装扮。在他们朴实的言谈中，承载着他们对未来生活美好的向往，他们用自己的方式，迎接着新年的到来。年的脚步，就在农人们期盼的目光中，越来越近，新年的钟声，伴随着美好的祝福，敲响在乡村寂静的夜空。新年，终于来到了村民们的中间。

　　虽然年已经过了，但年的味道却并没有在乡村消失。整个正月，乡村都沉浸在浓浓的年味之中。走亲戚，访朋友，唱大戏，耍龙灯，好不热闹。这年的味道，要过了正月后，才渐渐地淡下来，整整两个月，年味都在乡村的上空弥漫着。农历二月，是播种的季节，乡村的人们，在收获了一年的喜悦后，便会把来年的希望种在自己土地上，用自己辛勤的汗水，去浇灌属于自己的幸福。来年的新春，一定是丰收的时节，乡村的年味，永远飘在每一个农人的心间。

怀念童年开学的日子

"小鸟在前面带路,风儿呀吹向我们,我们像春天一样……",不知不觉,又到一年开学时,每当学校里的广播播放着这首儿歌时,我的思绪总会被带回童年,仿佛自己又回到了童年背着书包上学的日子里。

我的童年是在农村度过的,农村小孩子的童年是单调而乏味的,他们一年中最盼望的日子除了过年外就是开学了。因为过年有好东西吃,有好衣服穿。而开学则意味着可以逃避家里放牛喂鸭等繁琐的家务劳动,意味着可以有新书发,有新的小朋友一起玩。

小时候,每学期开学那一天都是我最盼望的日子,因为这一天,妈妈都会煮上两个鸡蛋让我带上,那时候,农村不富裕,鸡蛋对我们这些小屁孩来说,可是难得的奢侈品啊!只有生日或者过年的时候才能吃得到。妈妈说:"开学第一天,吃两个鸡蛋,以后考试就能次次考一百分的"。带着妈妈煮的鸡蛋,我一路兴奋地小跑到学校,心中洋溢着只有那时的小孩子才有的幸福感。

那时,小小的我就有了点虚荣心,那两个鸡蛋我是舍不得马上吃的,我要留着在同学们面前好好的炫耀一番。果然，一到学校，看我手里拿着两个鸡蛋，很多同学都看热闹般的围了过来，对我那两个鸡蛋表示出了极大的热情和关心。看他们那羡慕得流口水的表情，我的小小的虚荣心得到了极大的满足。现在想想，那时的我便有了点生意头脑，见我的这两个蛋如此受欢迎，我便有了在这鸡蛋上面做做"生意"的想法。我规定，这两个鸡蛋可以借给他们玩一会儿，但不能吃，而且以后必须得帮我写老师布置的家庭作业，没想到我开出的条件还挺诱人，很多同学都争先恐后地要和我做这笔"生意"呢！那时候我到底有没有考过一百分，现在已经不记得了，大概是一次也没考过吧，为此，我还挨过母亲的不少打呢！但那两个鸡蛋确实给了我极大的快乐和幸福。

　　鸡蛋的新鲜感玩完后，马上就到了学校发书的日子了，每次发新书时，都是我最兴奋的时候，捧着一本本新书爱不释手，放下又拿起来，拿起来又放下去，唯恐弄脏了、弄坏了、弄丢了。那时的我们流行用报纸给新书包书皮，目的就是怕把新书给弄坏弄旧了。但那时报纸可是个紧俏货，一般的人家是找不到报纸的。为此，我又利用我的生意头脑，用我吃剩下的半个鸡蛋和村长的儿子换了一大捆报纸，然后颇有成就感地抱回家，激动地动手包起书皮来。我比照书的大小，精心地裁剪开，然后一条边一条边地把新书包好，之后再写上科目、班级、姓名。

　　第二天乐呵呵地背着新书去学校，和同学们比一比谁的书皮漂亮，谁的书皮包的好。当然大多数时候是我获胜，这又让童年的我，多出了许多的欢乐。

　　两个鸡蛋，一堆废报纸，这两样现在看来极其普通的东西，却带给了童年的我极大的幸福和快乐，也许，这样的快乐，只有童年的我们才能够体会到。好怀念那时童年开学的日子啊！真希望什么时候能再次背起书包上学去！

留在青春的记忆

那年,我以全班第一名的成绩考上了县城的一所重点中学,可那年却是我们家最艰难困苦的一年。母亲患有严重的风湿病,由于没有得到及时的治疗,后来病情加重,瘫痪在了床上。父亲又年老体衰,为了给母亲治病,含泪卖掉了家中那头陪伴他十多年的老水牛。

这的确是不幸的——尤其对父亲来说。他本来是盼望我考不上高中的。他大概觉得,要是我考不上的话,我的失学就是因为我自己的不争气而造成的,而不是他不供我了——他是实在无力供我继续上学了。但困难并没有让我放弃对理想的追求,我不想因为贫困而让自己的生活过得就像被父亲卖掉的那头老水牛一样,没有一点色彩。不久,我便跟随同村的保林到了城里的一所工地上打工,我要在这一个多月的时间内凑足我上学时的报名费。保林比我大两岁,却已经有好几年的工作经历了,他是这里的建筑工,负责砌砖和往墙上贴瓷砖等活路。而我是工地上的小工,负责挑水担沙推车和不断地往高架上运送水泥等杂活。

七月的太阳火辣辣地烤着大地,而我们建筑工人全是户外作业,工地上根本没有任何遮阴的设备。我们早上八点钟动工,直到下午六点半才收工,中午只休息一个半小时。一天下来,闷热加上繁重的劳动常常累得身体几乎要散了架。干活的第一天我的两只手就结满了血泡,但一想到一天下来就能挣十五元钱时,我的心里还是充满了无限的骄傲和喜悦。我终于能靠自己的双手挣钱了,十五元钱啊!对一个面朝黄土背朝天的农民来说,它是多么的宝贵呀,当我把这一消息告诉父亲时,父亲说:"十五块钱哩!可以割三斤猪肉了,如果割肥一点的五花肉的话,那就可以割五斤。"那天,微笑第一次爬上父亲那愁苦的黄脸。那年夏天,炎热的高温持续了好长一段时间,工地上的好多人都因经受不住酷暑的折磨纷纷回家去了,而我却舍不得这次难得的挣钱的机会。我想,为了理想再苦再累我都不会放弃的,咬咬牙硬是坚持了下来。

不久后,我便在无意中又发现了一个挣钱的商机。由于天气炎热,工地上的工人每天都要买大量的矿泉水来喝,喝完了的矿泉水瓶扔在地上到处都是。这既不美观,也给施工带来了极大的不便,可工地上却没有人来处理它们。一天,我正要挑着一担沙子往楼上送,脚却被地上踩着的一个东西绊了一下,失去重心的我连同一担沙子顺势倒在了工地上。由于对这发生的一切没有丝毫的心理准备,我的腿被一担沙子重重地压了两道口子,而造成这一惨状的罪魁祸首居然是工地上一只被扔掉的矿泉水瓶子。当时我生气极了:"这些可恶的瓶子扔在工地上到处都是,怎么竟没有一个人来收拾下呀!"印象中我好像记得在什么地方看到个收荒的老大爷拾过这种瓶子。"要是那个老大爷也能把我们这里的瓶子都拾起去的话,那就太好了。"想着想着,忽然间,我的心不禁狂跳起来。我想,那个大爷拾这些瓶子干什么呢,不就是拿去卖钱吗?如果这些瓶子真能卖钱的话,那不如……

那天,为着那个忽然间的想法,我兴奋了一下午。收工后,我顾不得脚上还在剧痛的两道深深的口子,一口气跑到了五里外的废品收购站问他们收不收这种瓶子，结果让我欣喜若狂。我和他们达成了协议，我以每只瓶子六分钱的价格卖给他们。

第二天中午收工后，我便拿出准备好的两只大口袋，手忙脚乱地拾了起来，开始觉得很难为情，但一想到每一只瓶子就能卖六分钱时，此刻我的心情又是多么的愉快啊，仿佛那扔满一地的不再是被人遗弃的瓶子，而是一块块闪闪发光的金子了。此时对这些瓶子不但没有丝毫的厌恶，反而多了几分亲切。啊！多么可爱的瓶子啊！

那次我用一中午的时间拾完了工地上的五百多个瓶子，卖了三十二元七角钱，比我挣两天的工资还多，用父亲的话来说，如果割肥一点的五花肉的话，那就可以割十多斤呢！

从那以后，利用每天中午休息的一点时间，我又多了一项拾瓶子的任务。我不光捡工地上的，凡是见到大街小巷被人丢弃的瓶子我都一只不落地拾了起来，堆放在一起。这样我每天的收入就在十五元的基础上又增加了二至三元，一月下来，也是一笔不小的收入呢！

很快，一个多月的时间转眼就过去了，新学期眼看就要开始了。那天，我怀着激动的心情找到了包工头结算我一个多月的工资。包工头是一位厚道的中年汉子，对工地上的人都很好，从不拖欠民工的工资，很难把他跟电视小说中那些狠心的榨取民工血汗钱的包工头们联系起来。

"一共是六百四十元。"当包工头把一沓新崭崭的钞票递到我面前时，我简直不敢相信自己的眼睛。"怎么会有这么多啊！"我按捺不住一时的惊讶。我一共干了三十二天活，十五元一天，一共应该是四百八十元才对呀，我把多余的钱还给了眼前这个朴实的中年汉子。"拿着吧，我看你吃得苦，虽然年纪不大，但干活并不比那些熟手差，所以给你每天多开了五元钱的工资，我知道你需要钱哩！"望着眼前那真诚而善良的笑脸，我禁不住泪流满面。

这样，一个月下来，除去生活费外，我共挣了大约七百元钱，勉强凑足了报名时所需的费用。我为自己的这次小小的成功而高兴。而父亲则更是天天乐得合不拢嘴。父亲说:"我娃儿有出息耶!想不到你年纪这么小,一个月里就挣了这么多钱呢,相当于挣回了头二百多斤的大肥猪啦。"那时家中一年四季都难得吃上一回肉,而那天父亲却破例到镇上割了两斤五花肉回家炒了碗我最爱吃的"回锅肉"。至今想来,那是我吃过的最香的一顿回锅肉了。

转眼间,许多年过去了,如今我也已大学毕业。但那年夏天留在青春的记忆,却永远难以忘记。

云中谁寄锦书来

　　前段时间整理杂物，偶然发现了一大堆旧书信。摸着那一封封泛黄的信纸，看着那一行行或隽秀、或豪放、或狂野的字迹，心里不禁思绪万千。突然想起，好久没有收到过书信了，也很久未曾提笔给任何人写过只言片语了。那些曾经在我的成长路上一路相伴的书信，似乎离我越来越远，留下的，似乎只有淡淡的回忆和无限的思念。

　　记得第一次写信是在高中的时候。那年刚刚步入高中的我，由于到了一个陌生的环境，倍感寂寞孤独。那些初中时一起玩耍的伙伴，一个个考进了不同的高中学校就读，虽相隔两地，但难以割舍彼此之间三年来建立的纯真友情。于是，互通书信成了我们课余生活的主要内容。那时，和我有书信往来的朋友大约有三四个，基本上每周我们都要写一封信给对方，内容无外乎是谈谈彼此的学习情况，各自学校的新鲜事等方面的话题。早熟点的同学，也会在信中谈谈感情方面的话题，但那时都还比较青涩，内容也仅仅是对某个同学有好感之类的悄悄话。那时，八毛钱一张的小小邮票，承载了我们太多的喜怒哀乐，是书信，伴随我们走过那段艰辛而美好的青葱岁月。

  后来，上大学后，买手机的人渐渐多了，但书信仍然是我们维持友谊、联络感情的重要方式。但书信的内容，也从以前高中时期的谈论学习情况转为了感情和工作方面的话题。此时的书信，更具有情书的功能，很多不能在电话里讲的情话，都可以通过文字的形式予以表达。那时，每到下课时间，学校收发室里总是被围得水泄不通，同学们望眼欲穿，只盼那鸿雁带来远方恋人的讯息。

  离开学校开始工作后，以前的好友一个个散落天涯，为了生活而奔波忙碌着。以前无话不谈的朋友，现在有时候连电话都懒得再打一个，更别说能抽空提笔给对方写下只言片语了。此时此刻，突然很怀念曾经的书信时代，那些曾经和我有过书信往来的朋友们，你们都还好吗？是否还记得曾经的美好？是否还能通过"鸿雁传书"收到你们的讯息？

陪学生一起高考

从小到大，我经历的考试可谓不计其数，但最难忘的一次考试莫过于去年六月陪学生参加高考时的场景。时隔十年，第二次参加高考，但身份已经由十年前的学生转变成现在的老师，此次参考，可谓别有一番滋味在心头。

师范大学毕业后，我来到了一所高中任教。去年，我担任了高三毕业班的语文教学工作。但我们这所学校的学生基础较差，学习起来比较吃力，眼看离高考只有半年的时间了，而学生的学习积极性却很低，为调动学生的学习热情，我决定陪学生再参加一次高考，用我的实际行动鼓舞学生的士气，让他们树立起战胜高考的信心。

第二天，一进教室，我就向学生们宣布了我的这一计划，我要和他们在最后的几个月里共同努力，共赴考场，一同战胜高考。当我把这一计划向学生们宣布后，教室里立即沸腾了，许多同学都不敢相信我的这一计划，以为是我在跟他们开的一个愚人节玩笑，当我郑重其事地表明我的态度时，教室里立刻响起了热烈的掌声，同学们都被我的精神感动了，表示一定认真对待剩下的每一天，不辜负我的一片苦心。

在接下来的一段日子里，我一边忙于紧张的教学任务，一边按照我事先订好的计划复习着，常常每晚要忙到凌晨才能休息。我的学习精神起到了很好的带头作用，班上的学习气氛空前高涨，同学们在学习上你追我赶，劲头十足。时间过得很快，当黑板前的倒计时牌显示离高考还有一天时，我竟有种莫名的紧张。但我想，无论结果如何，我一定得陪同学们走到最后，我不能做个言行不一的"逃兵"。高考前，我把全班同学聚集起来，一起开了个会，告诉他们考试时应注意的一些细节，叫他们好好考，为他们加油，同时也为自己鼓劲。

三天的考试很快结束了，总的来说，不算难，除了数学有些题实在不会做以外，其他的感觉还可以。每考完一科，很多同学都围了过来，纷纷问我考的如何，不断地和我交流着考试心得。大约二十天后，成绩出来了，我按捺不住紧张的心情，迫不及待地查了成绩，结果让我非常意外，我居然上了重本线，比我十年前的高考成绩还高。而我班上学生的成绩也考得很不错，一半以上的学生都上了本科线，要知道，对于我们这样的农村中学来说，这已经是个非常不错的水平了。

做了这么多年的老师，能陪学生一起参加高考，也算是一次难得的经历。后来，我不断地收到来自天南海北的同学们寄来的信，大家纷纷感谢我在关键时刻陪他们度过了一段难忘的青春岁月。至今，那张大学录取通知书连同那些信件还静静地躺在我的办公桌玻璃板下，每当看到它们时，我就会想起那段和学生一起拼搏一起为理想而战的难忘日子。

那年一起听春晚

　　1984年的农村，电视机还是个新鲜事物，很多家庭连听都没有听说过。那年月，看电视几乎是许多农村人的奢望，在那娱乐极度缺乏的年代，听广播就成了许多农村人打发空余时间的唯一的休闲方式。那时，我家有一台哥哥当兵时从部队带回来的小收音机，虽然这台收音机外形老旧，也收不了几个台，但却是我们家的一大宝贝。每天一吃完晚饭，我们一家人就围坐在一起，听收音机里播放的各类节目。常常的，收音机里播放的精彩节目也会吸引很多邻居过来看热闹，他们三五成群地围坐在我家的小院子里，嗑着瓜子，嬉笑着，兴奋而激动地评论着收音机里播放的节目，听到高兴处，他们会大声欢呼，爽朗的笑声响遍整个院落。我家的小院子也便成了村民们时常光顾的"广播站"。

　　1984年的春晚，我们就是从这台小小的收音机里收听到的。记得那年大年三十晚上，天还没全黑，我家的小院子就挤满了全村的男女老少，他们自带了凳子和瓜子糖果等食物，早早地就围坐在了我家的小院子里，热切地等待着盼望已久的春晚的到来。晚上八点整，随着广播里主持人一声"过年好"的问候语的响起，春晚也正式拉开了帷幕。此时，原本嘈杂的小院顿时安静了下来，人们都屏住呼吸，静静地倾听着收音机里的每一个声音，生怕错过了任何一个精彩的节目。

　　那年的春晚，形式多样，内容丰富，给平时很少出门的村民们带来了太多的欢笑和惊喜。马季的单口相声讽刺的是虚假广告，他那句经典的台词："宇宙牌香烟誉满全球！"成了全村大人小孩的口头禅。陈佩斯和朱时茂表演的小品《吃面条》让在座的听友们捧腹大笑，虽然广播里没有电视上那么生动的人物画面，但陈佩斯那天生的喜剧嗓音仍然博得了大家的一致好感。来自香港的张明敏的一曲《我的中国心》，让大家的情绪慷慨激昂，很多人听着听着止不住流下了眼泪，这首歌很快便在村里流传开来，几乎到了妇孺皆知，人人会唱的程度。在晚会即将结束的时候，由李谷一老师演唱的《难忘今宵》更是把大家的情绪带到了高潮，很多人忍不住欢呼起来，热烈的掌声不时在小院里响起。晚会结束时，已差不多到了凌晨，很多人都高兴地拿着凳子，朝自家的门前走去。但更多的人却似乎还没有从这场春晚中走出来，久久地呆坐在那里，不忍离去，恨不得钻进收音机里去，把刚刚没听够的节目再重新听一遍。

　　没过几年，村里几乎家家户户都买了电视机，有的人还买了彩电甚至等离子电视，人们看春晚也越来越容易了，但那年大家一起听春晚的经历，却永远让人难以忘记。

萤火虫照亮的童年

"萤火虫，提灯笼，飞到西来飞到东，晚上飞到家门口，宝宝回家它来送。"这是我小时候就爱哼的一首儿歌，现在听来，仍觉得是那样的动听那样的亲切。

我的童年是在农村度过的。农村的孩子，没有城市孩子那样优越的环境，他们没有芭比娃娃可玩，没有海盗船可坐，但这并不影响他们拥有和城里孩子一样快乐的童年。

每年的夏季，总是农村孩子们最快乐的一个季节。因为在这个美好的季节里，有太多我们难以忘记的回忆。

白天，阳光明媚，天空湛蓝，微风轻轻地吹，小溪静静地流。午饭后，约上三五几个伙伴，趁大人午睡之时，偷偷溜到河边，把衣服裤子往岸上一扔，一个个就像离弦的箭一样，一个猛子扎进水里，如同欢快的鸭子一样，在水里不停地游着，追逐着，嬉笑着，不到大人到河边来提裤子是绝对不会上岸的。每次洗完澡，我都会摘下几枝摇曳的柳枝，插上路边不知名的小黄花，编成美丽的花环，圈在头上，一路走着，一路追着，欢快的笑声传遍整个村庄。有时候，如果在回家的路上发现路边谁家的桃子红了，谁家种的西瓜熟了，我们还会顺带搞他个"战利品"，虽然每次回家都会被父母打骂一顿，但这个习惯却并没有就此而改掉。

晚上，繁星点点，月光下的田野有着一种很特殊的美，还有着一种朦胧的神秘感。池塘传来声声蛙鸣，蛙儿"呱——呱呱"地放声歌唱，小蟋蟀"吱——吱吱"地拉着"小提琴"伴奏……还有一些叫不上名字的虫儿合唱的乐音。杨柳树下，一群群的萤火虫在低空闪烁。一只一只的萤火虫啊，就像童话中的小仙女一样迷人。这些调皮的小精灵扇动着翅膀，萦绕在我的周围，一闪一闪亮晶晶，翩翩起舞。

"捉萤火虫"是儿时常玩的一个小游戏。大人们说那些漆黑一团的草丛里躲着豺狼，最爱吃小孩子了，所以从来不敢一个人去。每次都是三五成群的一帮小孩子，一人拽着一个空的罐头瓶去田埂上捉萤火虫玩。有的时候还会比赛，看谁捉的萤火虫多。那时没有特别的工具，都是徒手捉，偶尔不小心弄疼了一只萤火虫后，心里还会酸不拉几好一阵子。捉来的萤火虫被装进透明的小玻璃瓶，放进蚊帐里。因为那时还没有电灯，可以用它来照明呢，有萤火虫的夜晚，我就能甜甜的进入梦乡，梦里便有了满天闪耀的星光。正是这些荧光，照亮了我们的童年！

先生姓杨

　　大学里给我们讲课的老师很多，但最难忘的是给我们讲授《古代文学》的杨旭升老先生。

　　先生中等身材，面容清癯，虽年逾古稀且谢顶多年，但仍显精神抖擞。每次上课，要数先生的嗓子最亮，也最具魅力，这让许多年轻老师自叹不如。先生爱烟，更嗜酒，每次酒后总要吟诗作对一番。先生口音圆润温软，很有磁性。每每望着讲台上来回踱着八仙步的先生，听着他天籁般优美动人的诗句，闻着自先生身上散发出来的淡淡酒香，直让人感到眼前简直一个活脱脱的李白再世。

　　先生给我们讲授的是《古代文学》的先秦部分，这部分讲解难度较大，但先生却将一篇篇本来枯燥难懂的古文讲得妙趣横生。记得先生首讲《关雎》一诗，他先把诗谱了曲然后吟唱，将男女情爱演绎得淋漓尽致。在先生的熏陶下，我们这群原本对古文恐惧万分的后生们居然对此也产生了浓厚的兴趣，每次轮到先生的课，我们总是排着队去抢前排的座位，而每次课毕，总有一种意犹未尽的遗憾，直感时间飞逝，于是便盼望着先生的下一次课能早早到来。

先生不仅课讲得好，一手漂亮的欧体板书更是了得，在黑板上从右到左，竖排繁写，每堂课下来就是一幅绝妙的书法，让我们这群后生好生佩服。课间饭后，在向先生请教古文知识的同时也时常不忘"偷学"几招书法。每当此时，先生总是很谦逊和蔼地向我们传授他的"十八般武艺"，手把手地教我们一笔一画地临摹每一个字，那情景如同教幼儿园的小朋友初学写字一般。末了，先生总还不无幽默地开玩笑，要我们请他吃饭，说不收学费，吃顿饭是很便宜我们的了。

虽然先生不乏幽默风趣，但他的治学却是非常严谨的，所授之诗要求每人逐首在他面前背诵，对背不出者，每每挥手，作看打之势。每次考试时，先生从不给我们指任何重点，任何人一律平等，哪怕你差半分，先生也是不会让你过关的。这让原以为大学上课轻松好玩的我们惊讶不已，最后竟把《诗经》大部分佶屈聱牙的篇章背得滚瓜烂熟。也正是在先生的严厉督促下，才使我们能专心于学业，没有在如金的青春中虚度年华。

时间飞逝，先生离我们久矣。常常的，总还会在不经意间想起先生来。真希望先生还能为我们再讲一节课！

冬季有书不觉寒

一直以来，对冬季都有种莫名的期许和兴奋。喜欢冬天，不是因为那漫天飞舞的雪花，也不是因为那银装素裹的装扮，而是因为冬天确实是个读书的好时节。

冬天不便出门，让平时忙碌的我少了许多应酬。窗外的北方呼啸而过，居室的墙壁挡住了外面世界的冷酷和严寒，供暖的设备又传递出更多的热量与温暖，此时，捧一本书在手里，让心灵去漫游不失为最佳选择。书中那些温暖的句子，就如阳光照在身上，不一会儿就感觉到惬意和自在。即使忧伤的句子也有悲天悯人的情怀，让人倏忽找回善良、真挚和可爱，替代复杂、圆滑和世俗。书跟雪一样，能将读书人染尘的心洗涤干净。

真正激发我在冬天产生读书兴趣的是高中时的一位女同学。她学习成绩特好，长得又漂亮。一直以来，我都对她有种说不出的特别感觉。那时我特贪玩，根本就没想过要坐下来读几本课外书。那是一个冬天的午后，天上下着大雪，我去教室拿围巾，看见她正一个人坐在教室里读

《红楼梦》，外面的雪花扑打在窗上，她的神情专注而出神。一瞬间，这种静美的情景深深地触动了我的心，于是便决心去读书。此时此刻，我便觉得读书的人是世上最美丽的人。

　　后来，读书这个习惯一直伴随我至今，虽然期间很长一段时间也因为种种原因长久没有摸过书本，但我却从来没有放弃对书的热爱。尤其每年冬季来临的时候，我都会想起曾经那位激发我读书热情的女同学来，不知道她是否还会在许多年后，仍然保持着冬季读书的习惯。但不管怎样，冬季读书的习惯，我却保存了下来。现在想想，我读的几千本书中，有一大半都是我在冬季的时候读的，整个冬季，是书一路温暖着我，让我在人生旅途中，不觉得寒冷。

　　大地在冬眠，思想可以萌芽。冬天读书正当时，冬季，带一本书上路吧！以书为伴，可以把夜照亮，把心烘暖。

难忘的汇款单

　　1985年,哥哥高中毕业了,当时哥哥的学习成绩非常好,考试时常常是全校的第一二名,许多人都认为哥哥能够跳出农门,从此过着幸福的日子。没想到平时成绩非常出色的哥哥却由于考试前一天突发高烧而意外地高考落榜了。由于家境贫穷,父亲再也无力供哥哥去复读了。万般无奈之下,差几分考上大学的哥哥不得不放弃了自己多年来的大学梦,回到农村,当起了农民,继承了祖祖辈辈从事的行业。

　　那时农村经济还没搞活,虽然哥哥非常勤劳,又肯吃苦,但辛辛苦苦一年下来,除了勉强能够糊口度日外,基本上家里没什么节余,那时父亲常年有病,日子过得很是清贫。转眼好几年过去了,眼看着村里那些和哥哥同年出生一起长大的小伙伴们一个个都纷纷娶妻生子了,而哥哥却仍然迟迟没找到适合自己的人。虽然哥哥长得一表人才,而且又读过高中,在当时算得上知识分子了,但无奈由于家境贫寒,媒婆给介绍了几门亲都是因为别人嫌弃家里穷而没有成功,不知不觉,哥哥已经成了当时农村的大龄青年了。这可急坏了一心想抱孙子的父亲和母亲,后来他们又托人给介绍了几门亲事，但终究都是被对方以其他种种理由给拒绝了。其实我们都知道，归根结底的原因还是因为一个字："穷"。

　　然而突然有一天，家里很意外地收到了邮递员送来的五百元汇款单，一时之间在全村都引起了轰动，要知道，在20世纪80年代的农村，五百元可不是个小数目啊，这可是好多人家一年的收入呢，更奇怪的是，以后每隔两三个月，家里都会收到一张五百元的汇款单，于是人们不禁好奇地问父亲是怎么回事，父亲笑呵呵地说："家里有个远房亲戚，前几年在外面做生意，如今在城里发了财，现在想帮扶下我们，所以隔几个月就会寄点钱来。"

　　听了父亲的话，村里的人羡慕得不得了，都说父亲运气真好，有这么一个亲戚帮衬，以后吃穿就不用愁了，渐渐地，家里再也不愁媒婆的身影了，隔三岔五的就会领着一个姑娘上门来，几乎把家里的门槛都要给踏破了，后来，哥哥终于和一个漂亮的姑娘喜结连理，有了一个属于自己的幸福家庭。

　　后来，靠着国家好的政策，农村的经济渐渐活了起来，哥哥凭着自己的聪明和勤奋，和嫂子在家先后办起了养殖场、农家乐，日子越过越好，率先在村里富了起来。率先富裕起来的我们有一天突然想到了那年的汇款单，于是问父亲这么多年来为什么不和那年给我们寄汇款来的远房亲戚联系下。真得好好的感谢下人家，要不是他当年的帮助，我们哪有今天的好日子啊！父亲点燃一支烟，犹豫了半天，不无感叹地说道："我们哪有什么远房亲戚啊，其实那年寄汇款单的人不是别人，而是我啊！那五百元钱也是我跑了好几户亲戚家才借到的，你们知道吗，后来家里收到的几次汇款单也是我把钱取出来后隔几个月又到邮局去寄回来的。当年没办法啊，家里穷，人家瞧不起，我那钱是寄给别人看的啊！"

　　听了父亲的讲述，我们的心久久不能平静，父亲当年寄的岂止是几张汇款单啊，那分明是全家人的希望啊，真得感谢父亲，那年的汇款单也将永远留在家里每个人的记忆里。

借车相亲

春节前，在家乡的父母托朋友给我介绍了个对象。通过视频及微信联系了一段时间后，我对她的容貌及气质等都非常的满意，而她也对我颇有好感。于是利用春节放假这段难得的休息时间，我决定回老家和她见个面，好好的培养下感情。

回家第二天，我们就定好了约会的地方。考虑到是第一次见面，总想给对方一个好印象，于是我精心地把自己打扮了一番，可快要出门时我总感觉少了点什么似的，想来想去，终于发现自己是少了辆代步的工具——汽车。俗话说车是男人的脸面，开着一部小车去跟女孩子约会，是一件多么让人愉悦的事啊！说不定她还会在心里给我多加点印象分呢。但对于我这样的一位"打工族"来说，买车是一件奢侈的事情，怎么办呢？想来想去，最后好不容易磨破嘴皮才在一个当了老总的朋友那里借到了一辆宝马轿车。开着小车，我一路飞奔而去。

那天，经过交谈，我发现她确实是个不错的女孩子，比我想象中的还要美还要温柔。整个约会，我们交谈甚欢，最后她突然把话题转到了那辆车上。"这辆车不错，是你买的吗？"她突然这么一问让我有点发蒙，说不是吧，怕她瞧不起我，有损"成功男士"的形象。说是吧，感觉有点虚伪。但最后，我还是对她撒了一个谎，违心地点了点头。

　　第二天，我收到了她发来的微信，我暗自高兴，难道她又要约我见面。一看微信，我差点晕厥，只见上面仅有一句话："我们的交往到此为止，我发现你不是一个诚实的人，因为那辆车是我们老总的，我对那车的车牌号比对你更熟悉。"

　　真晕啊！后来才知道，原来她竟然是我那位老总朋友的秘书。本想借车来撑门面的，没想到这下面子丢大了。

难忘那年国庆"打牙祭"

上个世纪六七十年代,是个"票子"非常流行的年代。那时物资紧张,买什么东西都得凭票购买,买煤油要油票,买粮要粮票,买肉得要肉票。而那时人们普遍比较贫穷,肉是吃不起的,只有到了过年过节的时候,国家才会发一两斤肉票,让大家打下"牙祭"。

1972年的国庆,我刚六岁。一大早,我就听父亲说,今天是国庆节,是举国同庆的日子,公社特地为每家每户发了五斤肉票,咱们家可以好好的"打下牙祭"了呢!一听有肉吃,还赖在床上的我一下子翻下了床,兴奋得跟过年似的。那时我还不知道国庆节到底是个什么样的节日,但我想,既然有肉吃,那应该是个很大的节日了,因为过年的时候,我们家才分到四斤肉票呢,那时我就想,要是天天过国庆节就好了。

那年国庆节的上午,整个小镇都弥漫在欢快和兴奋之中,一大群小孩子在跑着,跳着。大人们则在公社的大门外排着长队,等待着领回那盼望已久的几斤肉,脸上写满了满足和喜悦。

临近中午的时候,父亲终于领回了属于我们家的那五斤五花肉。父亲一进家门，我们全家都围了过来，商量着如何做更好吃。弟弟要求做回锅肉，而我则认为做红烧肉更好吃。最后母亲说，把这些肉分两斤给外婆送去，剩下的三斤肉，一斤用来做回锅肉，一斤做红烧，还有一斤先用盐腌好，做成腊肉，等以后想吃的时候再拿来吃。那天，我们都非常赞成母亲的提议。母亲把肉分好后，我和弟弟都自告奋勇地要帮母亲烧火煮饭，为的是能边烧火边闻闻那馋人的肉香，要是运气好的话，还可以趁母亲不注意，偷一块肉来吃。

  经过两个小时的漫长等待，我们家的"国庆宴"正式拉开了帷幕。首先端上来的是弟弟最爱吃的回锅肉，菜还未上桌，就闻到回锅肉的香味扑面而来。弟弟也许是太馋了，来不及拿筷子，就用手直接去抓，结果回锅肉太烫了，直烫得他哇哇大叫。接着端上来的是我爱吃的红烧肉，还未动筷子，我的口水就已经流下来了。母亲知道我们一年四季难得吃一次肉，于是不断地把肉往我和弟弟的碗里装，而她自己却基本上没动下筷子。其实母亲为这个家付出最多，每次却把最好吃的东西，毫无保留地让给了我们。现在想想，只怪自己当时不懂事，只顾自己一个人吃而没能好好的回报下母亲。

  那年的国庆节，虽然肉不多，但却让我们家快快乐乐地打了回"牙祭"，这么多年过去了，国庆节也不知道过了多少次，肉也早已不是什么稀罕物了，但那年国庆节"打牙祭"的场面，却永远让我难以忘记。

愧疚

那年,我考上了县城的一所高中。刚入校门时的我浑身上下飞扬着土气,从小内向的我此时更加自卑。我常常是用羞怯的目光去扫视着周围的一切。我不敢多和同学说一句话,不敢多看他们一眼。因为他们大多数都是城里人,在我面前,他们显得是那么的高不可攀,让我直感到自惭形秽,仿佛中间有一道不可逾越的鸿沟。

那时,我最怕的就是父亲到学校来,怕他那身寒酸土气的穿着会成为同学们嘲笑我的又一笑柄,进而让我在他们面前更加抬不起头来,怕他们会因我有一个这样的父亲而更加疏远我,瞧不起我。于是我给父亲下了止步令,不许他跨进学校半步。

一个深秋的下午,天下起了小雨,气温骤降。没带冬衣的我独自躲在图书馆里,冷得颤抖着缩紧在角落。突然一位室友跑进来告诉我说有一乡下老头抱着一件棉衣在寝室大门口等我,说有事叫我马上出去一下。我心里顿时紧张了起来,寒冷的深秋我居然冒了热汗,我立即朝寝室飞奔而去。

寝室边只见一个熟悉的身影静静地呆在那儿。他撑着一把老式破伞，穿的一件旧中山服早已被雨水湿透，脚下的一双烂解放鞋也张着大嘴在泥水中吞吐着云雾。他弯着腰，用略驼的背将抱在怀里的一件裹得很严实的棉衣遮着。他颤抖着，如干柴般的身体好像要被风吹倒似的，在那里摇摇欲坠。见我来，他抬起了头，挺了挺略驼的背，他那僵住了的神色顿时有了笑容。"你来啦，我在这等你很久了。"他用冷得有些僵硬的声音轻轻说道。我当时生气极了，见四周没人时我慌忙走上前去白了他一眼，冷冷地说道："爸，谁叫你到学校里来的，不是跟你说过了吗？叫你没事时别来，可你偏要来。你看看你，像个乞丐似的，让老师和同学们看见了多丢人呀！那时我可就什么形象面子都没有啦！你这一来不是存心要害我吗？"还未等他反应过来时，我已从他怀里迅速地拿走了那件还残存着他体温的棉衣。接着我用近乎命令的口气责备道："还不快走，难道还想向全校同学做个自我介绍不成，让全校人知道你是我爸。"

父亲愣住了，像犯了错的孩子似的静静地呆在那儿。良久，似有话要说却欲言又止，无奈的父亲只得带着无限的伤痛和遗憾走了。看着一步五回头的父亲的影子终于消失在校门外时，我的心也随之轻松了许多。为不引起同学们的怀疑，回到寝室时我故意大声说："我表叔真烦，没事总爱往学校跑，乡下人没啥见识。"

"什么，你的表叔？你是说刚才大门口那人吗？他不是你的邻居吗？"刚才来叫我的那位同学大为惊讶地问道。

"什么邻居？"

"你不知道吗？刚才就是他叫我到图书馆来找的你，他说他是你的邻居，是你父母叫他进城时给你带件棉衣来给你，怕天下雨时你没厚衣服而着凉。"

我丢下棉衣，疯了似的跑向校门。校门边已空无一人，我已看不见父亲的影子了。终于，他走了。

我呆立在雨中，任由雨水冲刷我那颗不知什么时候已开始发霉的灵魂。此时的我，心似掏空了般难受，对刚才发生的一切我已无言以对。雨早已停了，但不知什么时候却早有两颗更大的雨滴挂在了我那写满羞愧的虚荣的脸上。

　　父亲啊！你能原谅儿子曾经带给你的巨大伤痛吗？

又到八月桂花香

　　下班回家，路过小区门口时，突然闻到有一股淡淡的幽香扑面而来，抬头望去，原来是小区里种的几棵桂花树正枝繁叶茂地簇簇相拥，一朵朵纤巧灵秀的花瓣正花枝招展地开得正欢。原来，就在不经意间，又到了桂花飘香的季节。八月，因为桂花的存在而变得生动而馨香起来。

　　"八月桂花遍地香，独占三秋压众芳"。桂花，是天使派往人间的仙子，是金秋里一道亮丽的风景。记忆中，外婆家的院子里也曾种有一棵大大的桂花树呢！外婆家的桂花树，形如大伞，枝繁叶茂，需几个人合臂才能将它完全抱住。我的童年，就是在这棵巨大的桂花树下度过的。因为这棵桂花树的存在，我的童年便多了许多别的小朋友不曾有的乐趣。

　　小时候，每到八月桂花开放的季节，都是我最最开心快乐的日子。那时，每次放学回来，外婆都会在这棵桂花树下给我放一张桌子，让我在树底下写作业，每次一边做作业，一边闻着这棵巨大的桂花树上散发出来的浓浓的香气，我都会精神百倍，不大一会，老师布置的作业也会很快地完成。那时农村的孩子都喜爱戴桂花项链，每年桂花树开花的时候，大人们都会采下几朵用针穿起来，挂在小孩子的脖子上，让整个馨香弥漫全身。那天，看着别的小朋友戴着桂花项链，小小的我也吵着要戴，外婆说：好，给我的小孙孙也戴上项链。于是外婆采下几朵桂花来，穿好后戴在了我的脖子上。闻着脖子上那一朵朵小花散发出来的迷人的香气，我顿时破涕为笑："我也有桂花项链啰，我也有桂花项链啰。"一路跑着，跳着，向小伙伴们炫耀去了。

　　桂花不仅能看，还能吃。记忆中，外婆可是个做桂花糕的高手呢。外婆做的桂花糕，香甜可口，细腻化渣，桂香浓郁。每年桂花开得正艳的时候，外婆都会采下最大最香的桂花，然后将糯米磨成细细的米粉。外婆先把糯米和大米按一定的比例混合，在水里浸泡一段时间后，放在石磨上碾成米浆，当米浆磨好后，再往里面放一些核桃仁、花生米、枣子等搅拌均匀，然后在大铁锅里加上一锅的水，把搅拌好的米浆放在锅上用小火慢蒸。大约两个小时后，一股清香扑鼻而来，此时桂花糕基本上定型了。然后揭开锅盖，再在上面撒些芝麻、白糖、桂花等，一锅色香味俱全的美味就正式新鲜出炉了。每当此时，我都会馋得直咽口水，顾不上烫手，举手就抓，外婆总是笑呵呵地说："小馋猫，不要急，小心烫到手啊！"

　　外婆不仅做的桂花糕好吃，泡的桂花酒也是远近闻名的，而且还会用桂花做各式各样的小吃，每次吃着外婆用桂花做的各式美味，心里总是无比的快乐，因为那小小的食品里，包含了外婆对全家人满满的爱啊！

　　又到八月桂花香，而此时的我却远离故乡，过着旅居的日子。每当看到桂花飘香的时候，我都会想念起外婆来，想念起那美味的桂花糕来，真希望什么时候能再次吃到外婆亲手做的桂花糕啊。家乡的桂花，永远香在远方游子的心里。

菜花深处是故乡

那天，走在回家的路上，发现路边几株野生的油菜不知什么时候居然开出了小小的花来。此时，心里便有了淡淡的喜悦。这不起眼的小小的几朵花儿，却勾起了我对童年的美好回忆。

记忆中，家乡也是种油菜花的呢！每年三月，家乡的油菜花便开满了一地，田野里，山坡上，一眼望去，尽是燃烧的金黄啊！小时候的我，每天放学后，最爱去的地方，便是往油菜地里窜。几个小伙伴，尽情地在油菜地里嬉闹着，追逐着，任凭那金灿灿的花蕊落满整个发丝。夕阳下，我们快乐的笑声洒满整个山野。那些落满一头的花蕊，我们是舍不得马上擦掉的，每次回到家后，我们头上的花蕊，也便成了我们调皮贪玩的罪证，免不了换来父母们的一顿责备。

那时候的我，也做着一个关于新郎官的梦呢！每次路过油菜地时，我总会摘下一株开得正艳的花儿，轻轻地别在村里小芳的头发上，幻想着有一天小芳真的变成了我的新娘时的模样。而此时，身后总会传来一群小男生起哄的笑声："快看啊！蒋家老院子的平娃儿要讨婆娘啦，羞羞羞！大家快去喝喜酒啊！"每每听到身后的起哄声，我和小芳都会加快了脚步，害羞地朝家的方向跑去。身后，一群小男生的欢笑声，在山谷久久地回荡。

　　油菜花开的季节，最盼望的就是照相师傅的到来了。那时候，照相在农村还是个稀奇事儿，很多人一辈子都没照过相呢！照相师傅走到哪个村子，哪个村子就过节般地热闹。女人们的好衣服都被翻了出来，穿戴一新地等着照相。而背景，都是天然的一片菜花黄呢。那天，看到别的孩子照相，小小的我也想有一张属于自己的照片呢！那天，我向父亲央求了好久，求他也给我照张相吧，我说隔壁的何二成绩还没我好呢，他就有了自己的照片了，我也想要一张自己的照片。听到我的请求，父亲耷拉着脑袋，把他的旱烟吸得吧嗒响。

　　父亲说，"娃儿乖，咱们家没钱呢，等以后有钱了再给你照好吗？"我知道父亲说的是实话，我们家确实是没有闲钱拿出来照相的，虽然有几许失落，但我是理解父亲的。但当照相师傅走的那一刻，我还是忍不住哭了起来，我哭为什么何二家就有钱，为什么他成绩没有我的好却可以照相。那天，我越哭越伤心，越哭越委屈，看到我流泪，父亲也忍不住哭了起来。听到哭声，照相的师傅微笑着走了回来。"小朋友，为什么哭啊，哭鼻涕照相可不好看哦！来！笑一个，叔叔照一张相送给你好吗？"听到可以照相，我渐渐地停止了抽泣，就这样，我有了一生中第一张照片，一张属于自己的1寸的黑白照片，一个理着小平头，两眼还挂着泪珠却仍然傻傻地笑着的小男生永远地定格在了记忆中，而身后，是一片金灿灿的菜花黄呢！

　　菜花黄，菜花香，菜花深处是故乡。故乡的菜花，开了一茬又一茬。我的照片，照了一张又一张。唯独难忘的，却是那早已泛黄的1寸黑白照片，小小的照片里，埋藏了我太多的童年回忆。故乡的菜花啊！永远开在我的每一个梦里。

在巴金文学院的日子

2013年11月28日至12月2日这五天时间对我来说，是一段值得铭记的日子。在华蓥市作协主席彭歌先生及广安市作协主席邱秋先生的大力推荐下，很荣幸我能作为广安市的两名代表之一参加了四川省作家协会11月28日至12月2日在成都巴金文学院举办的四川省青年作家创作培训班。五天的培训时间很短，但却留给了我太多的感动和收获，让人久久无法忘怀。

巴金文学院创建于1983年，地处风光秀丽的成都市龙泉驿，于2003年巴金先生百岁华诞前夕正式建成，由著名作家冰心先生亲笔题写院名。这个灰瓦白墙川西民居风格的院落，占地四千五百平方米，主要建筑有巴金陈列馆、综合楼、会展厅、专家楼、餐饮部和亭廊等，院内小桥流水，绿树成荫，环境优美，能容纳七十位作家在此安心创作。

11月28日，当我从广安坐了近五个小时的汽车风尘仆仆地赶到巴金文学院时，已近晚上六点，虽然此时天色已晚，但省作家协会的工作人员却仍然坚守岗位，热情地接待了我。简单地登记报到后，工作人员发给了我房卡和培训的相关资料。巴金文学院分给每位学员的房间都是标间，与我同住一屋的是位来自乐山的武警同志，名叫廖淮光，一名非常有才华的武警诗人，写得一手好诗，因为我比他虚长几个月，后来我们就以兄弟相称，姑且叫他小廖吧，在后来几天的学习时光里，小廖给了我很大的帮助。

由于一路的车马劳顿，再加此前便患有严重的感冒，所以吃过晚饭后，我便早早地回到招待所休息了。

11月29日上午十点，省作协在巴金文学院大会议室举行了青年作家创作培训班的开班仪式。四川省作家协会党组书记、常务副主席吕汝伦，四川省作家协会党组成员、机关党委书记郭中朝，中共四川省委宣传部文艺处副处长陈小海，四川省作家协会副主席、《星星》诗刊主编梁平，以及其他在蓉文学报刊负责人出席了开班仪式。开班仪式由四川省作家协会副主席兼秘书长曹纪祖主持。仪式上，省作协及省委宣传部的领导们鼓励广大青年作家要踏实写作，多出力作，多出精品，并强调作家的个人创作要与时代精神紧密相连，要与时俱进，作品要反映时代生活，坚守崇高的文学抱负，为四川文学事业的繁荣做出自己的贡献。听了省作协领导的讲话，我们这些来自各地市的青年深受鼓舞，表示以后要勤奋写作，多出精品力作，不辜负领导们的期望。会后，来自全川各地市的六十八位青年作家做了交流发言，进一步增强了感情，为以后相互学习打下了良好的基础。

11月29日下午，是青创班正式上课的日子，著名评论家、北京师范大学文学院副院长、博导张清华教授做了题为《当代诗歌创作中的无意识活动》精彩演讲，张教授主要从弗洛伊德人格结构理论，把人的无意识分为三个层次，即本我、自我、超我。就无意识与诗歌创作的关系，张教授生动幽默的演讲，获得了学员们的阵阵掌声。

按理说，这次来巴金文学院学习，对于一个热爱文学的人来说，确实是次难得的提高自我的机会，本应把握机会，好好学习才对。可偏偏自己的身体不争气，来成都的第二天，久治不愈的感冒突然有了加重的迹象，利用中午休息的时间，我到巴金文学院附近的龙都医院去检查，居然是肺炎，医生要求马上住院治疗，说是已经发展到十分严重的地步了。但为了不耽误课程，我还是选择了坚持上课，利用晚上休息时间到医院打点滴。从11月29日至12月1日，连续三个晚上，我都是在医院度过的，每次打完点滴后差不多十点钟才回招待所，有时候实在是咳得太厉害了，胸口痛得无法入睡时，我就爬起来，一直在床头坐到天亮。这段时间，同宿舍的廖警官经常给我烧水打饭，还到医院来看望我，给了我无微不至的关怀和照顾，让我非常感动，在此，我也想对小廖同志说声谢谢，希望有机会我们还能见面。

11月30日上午，著名评论家、现代文学馆教授吴义勤做了题为《中国当代文学的评价问题》的演讲。吴教授就中国当代文学的评价危机以及造成中国当代文学评价危机的原因进行了深入的分析。30日下午，著名评论家、中国社科院研究员王兆胜做了题为《当前散文文体的失范及其异化》的演讲，就当代散文创作中存在的问题和不足，王教授做了深入的点评和研究，为我们学员今后如何更好的进行散文创作指明了方向。听了两位老师的讲授，感觉确实不虚此行，收获颇多。虽然29日晚我已经打了一晚的点滴，但病情仍旧没有好转的迹象，30日晚上，我依然在医院度过。

一夜无眠后，终于迎来了12月第一天的黎明。早餐后，带着久病不愈的身体，我早早地来到了巴金文学院的会议室。今天巴金文学院将迎来两位四川重量级的作家，一位是曾凭《尘埃落定》获得第五届茅盾文学奖的四川省作家协会主席阿来，另一位是著名军旅女作家、四川省作家协会副主席、《西南军事文学》主编裘山山。两位作家都是四川省乃至全国响当当的人物，他们的到来自然受到了全场学员的热烈欢迎，掌声此起彼伏。上午，阿来主席做了题为《关于当前文学创作中的几个问题》的演讲，而下午，裘山山老师则做了题为《关于短篇小说创作》的演讲。两位老师都是四川小说界的领军人物，他们结合自身在小说创作上的一些经验，对如何进行小说创作以及小说创作中应该注意的一些问题进行了细致的讲解。会上，两位老师还和全场的学员们进行了互动，对学员们提出的问题，一一进行耐心的解答，丝毫没有任何架子，让人感到很亲切。这不仅让我们看到了大家们的才能，更看到了他们谦虚、温和、平易近人的一面。

在成都打完最后一次点滴后，时间的脚步也不知不觉走到了12月2日。这天，是我们在巴金文学院学习的最后一天，这一天的议程很简单，主要是在蓉文学报刊负责人与学员探讨交流，会议由省作协副主席、《星星》诗刊主编梁平主持。与会的文学刊物、网站负责人有《当代文坛》主编罗勇，《星星》诗刊常务副主编、诗人龚学敏，《四川文学》执行副主编高虹，省作协创研室主任、《作家文汇报》主编孙建军，以及《四川日报》副刊编辑、诗人曾鸣，《西南军事文学》副主编庐一平，四川省文学交流中心副主任、四川作家网主编熊莺等。在交谈会上，省内主要文学报刊负责人不仅向各位作家学员详细介绍了各类文学杂志近年来的发展状况和取得的优异成绩，而且结合近年来在工作中遇到的青年作家关于投稿、写作的各种问题，实事求是地给大家提出意见，同时也希望广大青年作家扛起振兴四川文学的大梁，踊跃投稿。

讨论交流会后，四川省作协副主席兼秘书长曹纪祖主持了闭幕式。会上，四川省作家协会党组书记、常务副主席吕汝伦发表讲话，他重申了中共中央政治局委员、中宣部部长刘奇葆在全国青年作家创作会议时的讲话精神，希望广大青年作家坚守崇高的人生追求和文学抱负，耐得住清苦寂寞，经得住名利诱惑，秉持高度的社会责任，传播先进文化，创作出更多的精品佳作。青年作家代表发表了感言，畅谈了学习体会和心得；学员们表示能够以"青春与文学"的名义在这里相聚实在机缘难得，参加这次青创会不仅让大家见识到了大家的风采，学习到了文学创作方面的知识，更是坚定了广大学员在文学创作路上的信心。

12月2日下午，是我启程返回广安的日子，虽然五天的学习时间很短，但足以让这次参加学习的学员们铭记一辈子，在这里，我们聆听到了大师们精彩的讲座，认识了许多志同道合的朋友，彼此增加了了解，加强了交流。虽然直到离开巴金文学院时，我的感冒仍未痊愈，但我仍然觉得不虚此行，这必将是我今生难忘的一次经历。

再见了，巴金文学院，希望下次还能有机会再次聆听大师们的精彩讲座。

第五辑 谈指吮食

家乡的醪糟

醪糟,应该算是家乡的一道风味独特的小吃,因其味甜而略有酒的醇香,在我们家乡也被称为"甜酒"。逢年过节时,无论你走到哪家,出于待客之道,主人首先要做的一件事便是钻进厨房为客人煮一碗香甜可口的醪糟汤圆,然后热情地为客人端上来。客人接过碗来,在美美地品尝过后,除对主人的盛情款待表示感谢外,常常会对主人制作醪糟的手艺大加赞扬,这常常会让主人感到很荣耀。在家乡,制作醪糟往往是由妇女们来完成的,谁家哪个妇女的醪糟做得好,不用你宣传,要不了三天,方圆十里的人都知道了她的大名,她也便成了妇女们崇拜的"偶像"了。

其实,醪糟的制作是非常简单的,家乡人把醪糟的制作叫做"蒸醪糟",这"蒸"就是指制作醪糟的发酵过程。妇女们把蒸熟的干饭先冷却,再均匀地拌上些用于发酵的酒曲后,便将它装进一个小瓦罐里,盖上盖后把瓦罐置于一个较温暖的地方,让饭在里面渐渐地发酵,大约过上一两天,待你打开瓦罐后,顿时香飘四溢,一罐香甜可口的醪糟便制作完成了。

　　虽然在家乡人人都是"蒸醪糟"的高手,但记忆中还是母亲做的醪糟味道最好。母亲做的醪糟清爽可口,甜而不腻,吃后总让人有种回味无穷的感觉。每次回家,我总要缠着母亲做满满一大罐然后贪婪地吃个够。离开家乡到外地后,虽然在大街小巷里卖这玩意儿的也不少,但感觉总没有家乡的好,更吃不出母亲做的那股味道。常常会不经意地想起家乡的醪糟来,真希望什么时候还能再吃上一次。

秋来蟹肉香

　　家乡的小溪盛产螃蟹，每年秋天树叶枯黄时，我们一群小伙伴常常成群结队地到小溪边去捉螃蟹，此时的螃蟹个大味美，是难得的下酒佳肴。

　　那时候，家里穷，买不起肉来吃，而河里的鱼虾蟹等水产品却十分的丰富。于是，家乡的小溪为我们改善生活提供了重要的帮助。秋季，是捕捉螃蟹最好的时节，因为这时的螃蟹是一年中最肥最嫩的，入嘴化渣，营养丰富。记忆中小时候最快乐的画面，就是放学后和小伙伴们提着竹篓到小溪边捉螃蟹的场景。那时候功课不多，下午放学后，我们会提着个小小的竹篓来到小溪边，此时的螃蟹常常会在傍晚时分出来寻找食物，这也是我们捕捉螃蟹的绝好时机，当看到螃蟹从洞里出来的时候，我们马上以迅雷不及掩耳之势，不费吹灰之力地把一个个螃蟹给抓到竹篓里来。当然，捕捉螃蟹也是要有技巧的，因为一不小心，它那坚硬有力的两只大钳子就会让你受皮肉之苦。所以在捕捉螃蟹时，最关键的就是一定要控制住它的那两只大钳子，否则，到时吃苦的就是自己了。曾经有一次，我看到一只从来没有见过的大螃蟹，由于一时的激动，我没有捉住它的两只大脚，结果被它用钳子狠狠地咬住，直痛得我泪流满面。

当夜幕降临时，我们总会提着满满的一竹篓螃蟹朝家的方向跑去，带着收获的喜悦，一路上全是我们的欢声笑语。晚上，是我们一天中最快乐的时刻，因为我们可以尽情地享受螃蟹大餐呢。螃蟹的做法有很多种，或炸，或煮，或蒸，常常地，我们会变着花样来吃。我最喜欢吃油炸的螃蟹，把一只只螃蟹洗干净，放在油锅里，炸上五分钟，当螃蟹炸至酥黄时，捞起来，加上些调味的佐料。此时的螃蟹，芳香四溢，色香俱全，又脆又嫩，是下酒的好菜肴呢！

那时候，爷爷还在。每天晚上爷爷都会在老家院子里的一棵柚子树下纳凉。而每次当螃蟹炸好后，我都会首先给爷爷端上一盘去，爷爷最快乐的事就是一边纳凉，一边吃着我给他抓的又肥又嫩的螃蟹，喝着家里自酿的包谷酒，此时爷爷会足足高兴一晚上。每当喝得高兴时，爷爷会把我叫到他身边，从他那瘪瘪的衣兜里慢慢地摸出一毛钱来，然后非常得意地说道："我孙儿真乖呢，这么小就知道孝敬爷爷了，来，爷爷奖励你一毛钱，明天拿去买糖吃。"每当得到爷爷的奖励，我都会凑到爷爷的耳边，大声地对他说："爷爷，我以后每天都给你抓螃蟹，让爷爷永远都能有香香的螃蟹下酒呢"。然而，爷爷却在第二年永远地离开了我们，再也吃不到我给他抓的螃蟹了，又是一年秋来到，不知道在天堂的爷爷是否也有螃蟹吃呢？

丑丑的泥鳅，美美的味

　　小时候田边或河沟里的泥鳅特别多，一手下去随便就能抓几条，每次摸到泥鳅时都非常的郁闷，当时总认为这小小的泥鳅又滑有丑，认为它难登大雅之堂，从没有过吃它的打算，每次摸到后都毫不犹豫地扔掉或拿回家煮了喂猫吃。

　　后来在酒桌上，很偶然地吃到了人生第一口泥鳅肉。那味道，鲜嫩可口，虽比不上山珍海味，但却回味无穷。那一次会餐，让我对泥鳅顿时生出了许多好感，直后悔当时为什么把抓来的泥鳅给喂了猫吃，白白浪费这样的美味，真是暴殄天物啊！后来，回家在网上一查，发现这吃泥鳅的好处还真不少呢。泥鳅不仅味道鲜美，而且富含蛋白质、脂肪、维生素等，而且味甘、性平，具有补血益气、养肾生精的功效，素有"水上人参"的美称。韩国、日本等对泥鳅的美味与营养都推崇备至。

　　后来每次回农村老家，我都不忘在河里摸摸鱼，抓抓虾什么的，重拾童年的记忆。尤其是当再次抓到泥鳅时，我的心也随之欢悦起来。此时，时隔多年后，再看那过去觉得不起眼的又滑又丑的家伙时，居然觉得可爱起来了。家乡的泥鳅全是野生的，比现在人工饲养的更加美味，也更有营养价值。每次回家，都是我一饱口福之时，我把抓来的泥鳅或烹或煮或炸，变着花样来做。慢慢地，我们全家都开始被泥鳅的美味所征服，泥鳅也逐渐成了我们家的家常菜。尤其是五岁的儿子，对泥鳅更是喜欢得不得了，每次回乡下老家，都吵着要去抓泥鳅，不过近年随着环境的恶化和药物的滥捕滥杀，家乡的泥鳅已少了许多，那种一手摸下去随便抓几条的丰收时刻早已不存在了。

舌尖上的春天

春天，是一个适合咀嚼的季节。每到春天，大地万物复苏，埋在地下度过漫长寒冬的许多野菜也开始发芽生长。此时的野菜，刚刚萌发出新芽，鲜嫩而美味，极富营养价值。

香椿，是春天的使者，刚刚过完年不久，一阵春风就把熟睡了一个冬季的香椿芽给吹醒了。香椿芽是老家一道家常菜。在老家，几乎家家户户的房前门后都种有几棵香椿树。一到春天，人们便爬上树，摘满满的一大篮子的香椿芽下来。此时的香椿芽非常的鲜嫩，烹制的方式也多种多样。人们把采摘下来的香椿芽带回家，或炒，或蒸，或煎，或凉拌，无不香嫩可口，美味十足。

荠菜，应该算是家乡野地里报春的精灵，每到春天，那破土而出的嫩芽似乎在向人们传递着春的讯息。小时候，特别喜欢到野地里去挑荠菜，每天一放学把书包往草垛上一扔，挎上个篮子就朝田野里跑去，每次总是满载而归。那嫩绿的齿叶，那鹅黄的小花，那沾着温馨泥土的根须，无不溢着怡神的春的气息。荠菜的做法也是多种多样，我最爱吃的要算凉拌荠菜。把水烧开，抓一把荠菜放在锅里汆下捞起来，沥干水装入盘中，加上姜末、辣椒、蒜泥、酱油、陈醋、花椒油，搅拌后再淋几滴麻油，最后放点郫县豆瓣，一盘凉拌荠菜就做好了。此时的荠菜看上去绿油油，闻起来香喷喷的，吃起来更是让人回味无穷。

　　蕨菜，是春天送给农人们的一封请柬，邀请人们品尝春天的味道。仿佛是一夜之间，后山的蕨菜就在寒冬中醒来了，一棵棵争先恐后地探出头来，把后山腰装扮得春意盎然。此时的蕨菜，是难得的佳肴。采一把回去，再配上农人自家的老腊肉一起翻炒，一道绝味的蕨菜肉片就诞生了。吃在嘴里，香气四溢，既有蕨菜的野味鲜香，又有腊肉的美味在里面，直叫人流口水。

　　在乡村田野上，早春里还有野蒜头、折耳根、榆钱儿都是纯自然的美味上品，尽管它们口味有异，但无不透着春天的鲜嫩和清醇。每年的春天，我都会回乡下老家去挖野菜，把一道道野菜烹制成佳肴，含在嘴里唇齿留香，细细地品味着春天的味道。

春来荠菜香

　　那天下班后逛菜市场，很意外地在一个不起眼的小角落里发现了荠菜的身影。卖荠菜的是一位年老的大妈。大妈说："小兄弟，买把荠菜吧，这荠菜香着呢，都是我一棵一棵从野地里挑出来的，你瞧，都还有露珠呢。"看着那一棵棵绿油油的还带着露珠的鲜嫩的荠菜，我的心里真是喜欢得不得了。毫不犹豫地，我一下子就买了一大把。提着荠菜回家，走着走着，我的思绪不知不觉又回了久违的童年时代。

　　我出生在农村。小时候，每当春天来临的时候，放学后的我把书包往草垛上一扔，便拷个竹篮，带把镰刀，和小伙伴们飞奔到田野里去挑荠菜去了。那时候，乡下的荠菜到处都是，田野里，山坡上，几乎有泥土的地方就有荠菜。每次出去，要不了多长时间，我们便会挑上满满的一大篮子，然后兴高采烈地朝家跑去。

　　荠菜的吃法有很多种，拌、炒、烩，还可入汤，但我最钟情的吃法还是包水饺。先把荠菜剁碎，然后再加入盐、味精、葱、姜花、生豆油等，最后和剁碎的瘦肉放在一起搅拌均匀。这样的馅包出来的饺子，鲜美无比。但那时农村经济紧张，虽然荠菜到处都有，但肉却是个稀罕物，所以那时候能吃上一顿荠菜饺子，便成了我小时候最大的愿望。

　　记忆中，我也曾有过上街卖荠菜的经历。那一年是我们家最困难的时期，先是奶奶生病住院，后来父亲又不幸扭伤了脚。眼看春天来临，小伙伴们都纷纷背着书包上学去了，而我新学年的学费却还没有着落，失落的我一个人呆在家里，禁不住流下了泪来。看我流泪，母亲也不由伤心起来。母亲说："孩子啊，我们家也是没办法啊！要不这样吧，你到田野里去挑点荠菜去卖，我再到邻居家去借点钱，怎么着也要把你这学期的学费给交上啊！"听了母亲的话，我的心里顿时像吃了蜜一样甜。来不及擦一擦还没干的泪珠子，提着个篮子我就朝田野里跑去了，只要能上学，哪怕是让我挖一辈子的荠菜，我也是愿意的。后来，起早贪黑地挖了一个星期的荠菜，我终于勉强凑足了一个学期的学费，虽然一个星期下来，我的双手都磨出了厚厚的老茧，但一想到马上就有学上了，我的心里还是感到无比的快乐。

　　现在，每当看到有荠菜卖，我都会买上一两斤。不仅因为荠菜确实是难得的美味，更因为在那一棵棵小小的嫩芽里，有着我一段难以忘记的童年回忆。

　　又到了荠菜飘香的时候，闲暇之余，真想与家人一起置身田间地头，踏青挖荠，去找寻童年的记忆，那时，一定别有一番情趣在心头。

桂花糕

桂花糕是家乡的一种独特的小吃，每到八月桂花开放的时候，几乎家家户户都有做桂花糕的习惯。尤其是中秋节前后，桂花糕更是成了每家每户餐桌上的必备食品。无论大人小孩，吃饭前都先放一块桂花糕在嘴里，让桂花的香气溢满整个口腔，吃起饭来回味无穷。

桂花糕的制作非常的简单。在家乡，几乎人人都是制作桂花糕的高手。人们先是将桂花采摘回来，经沸水稍烫一下，捞起来晾干，加入白糖，密封于玻璃瓶中待用。接着把糯米和大米按一定的比例混合，在水里浸泡一段时间后，放在石磨上碾成米浆，当米浆磨好后，再往里面放一些核桃仁、花生米、枣子等搅拌均匀，然后在大铁锅里加上一锅的水，把搅拌好的米浆放在锅上用小火慢蒸。大约两个小时后，一股清香扑鼻而来，此时桂花糕基本上定型了。然后揭开锅盖，接下来，把糕块拉成长条，抹上植物油，再在上面撒些芝麻、白糖、桂花等，此时，一锅色香味俱全的美味就正式新鲜出炉了。

记忆中，外婆也曾是个做桂花糕的高手呢！外婆做的桂花糕，香甜可口，细腻化渣，桂香浓郁。在方圆十里，外婆做的桂花糕可是出了名的。

外婆做的桂花糕，除了加些芝麻、白糖、桂花外，还会加少量的蜂蜜，这样吃起来更加的香甜可口，但却甜而不腻。每次外婆做桂花糕时，我都会争着给外婆烧火，目的就是想在烧火的空隙偷吃几块桂花糕。每当桂花糕起锅时，我都会馋得直咽口水，顾不上烫手，举手就抓，外婆总是笑呵呵地说："小馋猫，不要急，小心烫到手啊！"

小小的桂花糕，带给了我童年太多的快乐，每当桂花飘香时，我都会不自觉地想起童年时外婆做的桂花糕来，那香飘四溢的味道，永远甜在我的心里。

秋季吃藕正当时

俗话说"咬春""吃秋",立秋已过,秋天可吃的食物很多,然而我最爱吃的,不是什么山珍海味,而是那一片片洁白如玉的莲藕。秋令时节,正是鲜藕应市之时。鲜藕除了含有大量的碳水化合物外,蛋白质和各种维生素及矿物质的含量也很丰富,民间早有"新采嫩藕胜太医"之说。

在江南的故乡,几乎家家户户都种有几亩莲藕,每到秋季,便是莲藕上市之时,此时的莲藕,个大,味美。秋季天气干燥,吃些藕,能起到养阴清热、润燥止渴、清心安神的作用。同时,莲藕性温,有收缩血管的功能,多吃可以补肺养血。莲藕,一直以来都是家乡秋季的"当家菜"。

莲藕的吃法有很多种,在家乡,几乎人人都是烹制莲藕的高手,我的母亲,烹制的莲藕更是远近闻名,她能把一节普通的莲藕,变着方儿烹制出十几种口味不同的美味佳肴。

母亲烹制的莲藕菜系中,我最爱吃的要数"桂花糯米藕"和"莲藕粥"，这也是母亲的拿手菜，有空的时候，我也悄悄地向母亲偷学了几招，算是学到了她的真传，其实，这些菜的做法并不复杂。

先说这"桂花糯米藕"吧，这可是家乡一道非常有名的小吃呢！秋季正是八月桂花开放的季节，此时做"桂花糯米藕"正是一年中最好的时节，你只需在肥嫩洁净的大藕孔道里填塞糯米，煮熟切开成片，撒上一层白糖和桂花即可。如果再配上一碗香甜稠腻的糯米粥，更是风味独特。

"莲藕粥"的做法也不复杂，取鲜藕二百五十克，糯米五十克，红糖一百克，先将藕洗净，刮去表皮，切成丁块，糯米淘洗干净。再取砂锅一只，倒入清水，放入糯米、藕丁，用旺火烧沸，再用小火煮至米烂汤稠时，加入红糖，调匀即成。此粥有健脾止泻、养血生肌之功效。

除了这两道菜外，在家乡莲藕的做法还有很多种，比如："糖醋莲藕"，"藕肉炸饼"，"糯藕酥片"，"绿豆填藕"，"鸡茸莲藕"等。

莲藕自古以来就是为人们所钟爱的食品，民间早有"荷莲一身宝，秋藕最补人"的说法。秋季吃藕正当时，对于老年人来说，秋藕更是补养脾胃的好食材。

在越南吃毛鸭蛋

去年国庆期间，利用难得的七天长假时间跟团去了趟越南，除了当地的风土人情、自然风光让人流连忘返、记忆深刻外，这次越南之行，也让我吃到了终生难忘的一种食物——越南毛鸭蛋。

那天，当越南的导游引领我们在河内的一家饭店就餐时，给我们每一位游客都点了一个鸭蛋。当服务员把鸭蛋放在我们面前时，我们都以为这和中国吃的普通的鸭蛋没什么区别，大家都很奇怪，普普通通的鸭蛋，中国哪里都能吃到，干嘛非得到越南来吃啊，我们可是来吃越南的特产来的呢！越南导游似乎看出了我们的心思，先介绍说，这是越南的特产，叫毛鸭蛋。别看它和你们中国普通的鸭蛋差不多，但吃起来绝对是完全不同的口味。此时，我们并不相信导游的话，以为不过是导游拿来忽悠我们的假特产罢了。见我们对桌上的鸭蛋不感兴趣，导游于是把一个蛋的蛋壳敲碎了，先将蛋开个小空，放点盐进去，将里面的汁液吸出，喝完汁后就把整个蛋的壳剥开，露出了里面的真材实料，这让我们每个游客都看得目瞪口呆，甚至有的人尖叫着不敢往下看。原来，只见蛋壳里面居然有只从头部到翅膀和脚都已成型的鸭子，翅膀上还有毛，脑壳没长成，白白的大脑裸露在空气中，上面布满了红红的血管，黑黑的大眼睛没有眼皮，阴森森地瞪着我们，简直是恐怖至极。

我们完全没有从刚刚看到的一幕中反应过来，见我们一副惊慌失措的样子，导游倒显得非常的沉稳，似乎见多了类似的场面，不慌不忙地说，各位不用惊恐，这是我们越南的特产，叫毛鸭蛋。这种毛鸭蛋其实是一只还未发育完全的胚胎。越南北方人喜欢吃长得老一些的毛鸭蛋，这时的鸭嘴和脚爪都已显雏形。通常这种食物都是煮熟了带壳吃，剥壳前要把里面的肉汤吸掉。蛋壳内即将孵化成功的鸭仔骨头都已成型，但吃起来还是软软的。

导游的话让我们刚刚吃进肚子的食物突然间有了种翻江倒海的感觉，没有人敢去尝试下这奇怪的越南特产。但后来禁不住导游的再三劝说和好奇心的驱使，我还是尝试着敲开了一只蛋的蛋壳，按照导游的指导，先将蛋开个小孔，放点盐，怀着忐忑的心情，我将里面的汁液慢慢吸出，天啊！味道跟我想象的简直是天差之别，原来毛鸭蛋的味道竟是如此的鲜美，因为之前在小孔里放了些盐，所以尝起来就像是炖鸭汤一样的鲜美，真是出乎意料的惊喜。

作为送给国内亲朋的礼物，临回国时，我一口气买了二十个毛鸭蛋带上了车，开车的司机看到我带了那么多的毛鸭蛋，兴奋而自豪地说：嘿！这东西补啊，我最多的时候可以吃十个，你看我身体多好，我们越南的妇女生完小孩后就吃这个，不用别的补品，个个长得白白胖胖的。听司机这么一说，我不禁觉得这貌不惊人的毛鸭蛋，确实是难得的高级营养品啊！

年糕

  年糕，是家乡的一种糕点，因其香甜可口而深受人们的欢迎，又因这种糕点一般在过年期间才做，故名年糕。在家乡，每到过年时，几乎家家户户都有做年糕的习俗，每当看到谁家的餐桌上端上几块年糕时，这就意味着年的脚步越来越近了。

  每年春节来临的时候，母亲都有做年糕的习惯。母亲做的年糕，细软香甜，非常好吃。年糕的制作过程比较复杂，母亲先把糯米和大米按一定的比例混合，在水里浸泡一段时间后，放在石磨上碾成米浆，当米浆磨好后，再往里面放一些核桃仁、花生米、枣子等搅拌均匀，然后在大铁锅里加上一锅的水，把搅拌好的米浆放在锅上用小火慢蒸。大约两个小时后，一股清香扑鼻而来，此时年糕基本上定型了。然后揭开锅盖，再在年糕上撒些芝麻白糖等，一锅色香味俱全的美味就正式新鲜出炉了。

  小时候，每到过年的时候，最大的愿望就是希望母亲能为自己做上一锅香香的年糕。但那时农村经济紧张，一年到头难得吃上几顿饱饭，吃年糕也就成了儿时的一种奢望。虽然母亲是制作年糕的高手，但巧妇难为无米之炊，在那物质极度匮乏的年代，母亲常常显得有些力不从心。记得六岁那年，爷爷生了一场大病，花去了家里全部的积蓄。年关将近，可家里实在是揭不开锅了，眼看着别的小伙伴都有年糕吃，我便回家缠着母亲要年糕，可一贫如洗的家里实在是没有多余的粮食来做年糕了。见吃不到年糕，不懂事的我便在地上哭闹起来，见我不依不饶地在地上打着滚，母亲含泪把唯一一点留给爷爷吃的大米给做成了年糕。那年，吃着母亲做的年糕，我高兴了好几天。时间久远，当年母亲做的年糕的味道已不复记忆了，但我想，那年年糕的味道，一定是心酸的味道。

　　后来，我们家的经济条件逐渐好了起来，吃年糕已不再是什么奢侈的愿望了。每年过年，母亲都要做上满满的一大锅年糕给我们解馋。母亲说，现在日子好了，你们什么时候想吃了，随时告诉我，我让你们吃个够呢！

　　"年糕年糕，年年高，一年更比一年好"。现在家庭的物质条件日益好了起来，年糕已不再是一份稀罕的佳肴，但母亲却依旧保持着年年蒸年糕的习俗。其实，母亲蒸的不仅是年糕，而是坚守着一份虔诚的祝福和美好的希望。

温情腊八粥

又到一年腊八节,小时候,每到这一天,无论家里多么贫寒,母亲都会给我们熬上一锅香甜可口的腊八粥,让我们美美地吃上一顿。母亲熬的腊八粥,甜而不腻,香飘四溢,每次吃母亲熬的腊八粥,都让人回味绵长,记忆深刻。

记得有一年,是我们家最困难的一年,先是爷爷生病住院一个多月,花光了家里全部的积蓄,后来父亲又在一次上山打柴时不小心摔伤了腿,借遍了全村才筹足了给父亲治病的钱。当时年关将近,全村都洋溢着一派喜气快乐的气氛,只有我们家,一个个愁眉不展,沉重的压力让人看不到未来的希望。眼看第二天就是腊八节了,按照以往的惯例,母亲都会在腊八节前一天准备好糯米、红枣、花生等,为我们熬上满满一锅的腊八粥,只等我们第二天一早醒来,就能吃到香甜可口的腊八粥了。可今年,我们家接连出事,连基本的生活都难以为继,更别说能吃上一碗香甜可口的腊八粥了。我想,今年的腊八节,我们一定是吃不到母亲做的腊八粥了。看到我和妹妹失望的表情,母亲背过脸去,一个人悄悄地抹起眼泪来。我知道，母亲一定是比我们更难过，这段时间，她承受了全家所有的苦与累，是母亲撑起了我们这个风雨飘摇的家。

　　那晚，带着些许的失落和无奈，我和妹妹不知不觉地进入了梦乡。第二天早上，当我和妹妹刚刚睁开朦胧的睡眼时，一股香气四溢的味道便扑鼻而来，我和妹妹都来不及穿鞋，光着脚丫便直奔厨房而去。只见母亲一个人在厨房忙活着，灶台上早已熬好了满满一大锅的腊八粥，我和妹妹又惊又喜，顾不得烫，一人拿过一只大碗来，盛了满满的一大碗腊八粥，狼吞虎咽地吃了起来。好几次，我和妹妹都被那滚烫的粥烫得直摇头，但我们就是舍不得放下碗来，看我们吃得如此的急，一旁的母亲不停地叮嘱道："别急，别急，小心烫啊！慢慢吃！没人和你们抢。"两只小馋猫贪婪地吃了两大碗后，才心满意足地舔舔嘴巴，意犹未尽地放下碗来。看我们吃得那么香，母亲满足地笑了笑，轻轻地问道："好吃吗？""好吃，比去年的腊八粥还好吃呢！"，我和妹妹异口同声地答道。突然，我和妹妹都感到奇怪，现在我们家基本上连饭都吃不上了，母亲到哪弄来这么多好吃的东西煮腊八粥啊？见我们百思不得其解地摸着自己的小脑袋，母亲神秘地朝我们笑笑，然后说道："妈妈会变魔法呢，这是个秘密，妈妈以后告诉你们。"

　　后来，我和妹妹逐渐长大了，家里的条件也逐渐好了起来。有一天，突然想起那年母亲给我们煮腊八粥的事情来，问母亲，当初是用什么魔法变出那么一大锅美味的腊八粥的？母亲说，"我哪会变什么魔法呢！那年腊八节，看你们兄妹那么可怜，没办法，我就把结婚时你爸送给我的金戒指给卖了，买了一锅腊八粥回来熬给你们吃，当时也是没办法啊！"望着爬满白发的母亲，我的心里禁不住难过起来，这些年，母亲为我们这个家付出了全部的心血，现在我们长大了，母亲却老了。

　　又到一年腊八节，远在异乡的我，真希望能再次吃到母亲为我们煮的腊八粥，因为那看似普通的小小的一碗粥里，却包含了母亲对全家人深深的爱呢！

腊肉飘香

　　小时候，关于过年的记忆首先是从杀年猪开始的。那时，农村经济逐渐好了起来，几乎家家户户的猪圈里都喂着两三头大肥猪，一到腊月，一时闲下来的乡下人就忙着为杀年猪的事情做准备了。人们把喂了快一年的大肥猪赶出猪圈，然后一大群人蜂拥而上，把大肥猪团团围住，很快，一头数百斤重的大肥猪就被众人放倒在地。接着，杀猪的师傅便把早已准备好的一把锋利的屠刀与大肥猪来了一次亲密接触，可怜的肥猪就在逐渐变弱的呻吟声中结束了自己的一生，这是儿时关于杀年猪的最初记忆。整个腊月，几乎每天都能听见村庄里年猪的嚎叫声。人们知道，年的脚步就在这一头头年猪的嚎叫声中越走越近了。

　　年猪杀好了，勤俭的乡下人是不舍得很快就把自己辛苦一年喂出来的大肥猪吃完的。于是接下来的一段时间，人们便开始了制作腊肉的忙碌。乡下人家，几乎人人都是会制作腊肉的。其实，腊肉的制作也很简单，人们把肉放在一个大的瓦缸里，用盐腌上，大约一个星期以后，再把这些肉从瓦缸里取出来，用水洗净，放在通风的地方把水气吹干，过上一两天就可以放在火上熏制了，乡下人喜欢用柏树枝来熏腊肉，用它熏出的腊肉看起来好看，吃起来也香。

记忆中，母亲是个熏腊肉的高手呢！每次杀完年猪后，家里熏制腊肉的重任就落在了母亲身上。母亲熏腊肉，总是非常的仔细，熏制的火候恰到好处，于是每有客人到家时，人们首先想到的便是要尝一尝母亲亲自做的腊肉，说是能吃上这样的腊肉，就是三个月不再吃肉也划得来的。虽然母亲做的腊肉色好、味香，但记忆中母亲却很少吃腊肉，不是母亲不喜欢吃，而是家里的腊肉母亲是舍不得吃的。农村人一向是节俭惯了，母亲是要把那些腊肉留着让我们这些回家过年的儿女们带走的。每次过年回家，母亲都要为我们熏一大堆的腊肉，灌许多的香肠让我们离家时带走。母亲说，你们在那么远的地方，哪里吃得到这些东西哦！无私的母亲，时时都在为她的儿女们着想，母亲一年四季在乡下不辞辛劳地忙碌着，家里的几头猪基本上都是母亲一个人养大的。养猪是件辛苦的事，母亲每天起早摸黑地操劳着，而母亲却是吃肉最少的。每每想到这些，就有一种无法言说的愧疚涌上心头。

好久没回家乡了，突然间，想起了家乡杀年猪的热闹场面，想起了母亲熏制的味美无比的腊肉。家乡的腊肉，永远香在远方游子的记忆里。

第六辑　无关风月

开家打铁铺

　　大学毕业后，我一时没有找到合适的工作。求职的不顺心加上家人隔三岔五的唠叨，让我烦闷到了极点。那段时间，我承受了太多的压力和苦闷，晚上常常失眠。为了给自己放松下，我来到了镇上的表姐家散心，表姐在镇上开了家打铁的铺子，平时就靠打些锄头镰刀之类的农具维持生计。看我一副心事重重、魂不守舍的样子，表姐说："你要是无聊的话也来打打铁吧，不一定非得打成什么样子，你想怎么打就怎么打，主要是把你心中的压力和苦闷都发泄出来，也许打完了你就轻松了。"那天，按照表姐的指导，我把一块废铁在炭火中烧红，然后用钳子钳起来，抡起铁锤狠狠地朝它砸去，我没想过要把这块废铁打成什么物件，我只想发泄这段时间以来自己内心的不满和怨气。我一边打，一边用嘴吆喝着，不一会汗水便湿透了上衣，我干脆脱掉上衣，越打越起劲。大约一个小时后，累得筋疲力尽的我不得不放下手中的锤子，直躺在地上喘着粗气，但此时心里却感到从未有过的轻松。那晚，长期失眠的我居然一觉睡到了天亮。

回到家后，我的心情也变得轻松了许多。有一天在报纸上看到一条新闻，说的是现在城里人面对的各类压力太大，却找不到很好的发泄方式，为此很多人都患有严重的心理或精神疾病。突然间我想，何不开一家类似表姐那样的打铁铺呢，为现在城市里高压的人们提供一个宣泄内心压力的场所，让他们在打铁的过程中，宣泄着自己的苦闷，从而让自己真正的快乐起来。那天，我把自己的想法告诉了父母，看我一时半会也找不到个好工作，他们也就勉强同意了。

接下来，在表姐的帮助下，我买了风箱，铁锤，废铁，煤炭等材料，租了一间被别人废弃的小仓库，经过一段时间简单的准备后，我的打铁铺终于开张了。但一个星期下来，我却没接到一单生意，大多数客人都是看稀奇般地逛逛就走了，也许是拉不开面子，也许是觉得太过新奇，反正真正留下来打铁的没有一个人。两周后，我的打铁铺迎来了第一个真正的顾客，他们是一对恋爱中的男女，他们要在我这里打一颗心，一颗铁做的心。他们抢起铁锤，朝那块烧红的废铁砸去。两人你捶几下，我捶几下，不一会一颗"心"就在他们的锤下成型了。作为礼物，我把他们的劳动成果送给了他们，并免去了他们的费用，期待他们能再次光临。

后来，我的打铁铺的名气渐渐地传了出去，生意也越来越好。基本上每天都有十多二十个都市里的男男女女到我的铺子里来。他们大多是衣冠楚楚、整日坐办公室的白领，但工作的艰辛也让他们感到了从未有过的压力，很久没有从事单纯体力劳动的他们需要用打铁的方式来发泄心中的压力，大概有打铁之意不在铁的意味。

"嗨……"看他们进出全身力气，歇斯底里地大喝一声，同时火星纷飞，铿锵作响，似乎感到了一种不可言传的快感。也许，城里人其实并不比农村人活得轻松。

半块月饼过中秋

20世纪70年代,是个"票子"流行的年代,买肉要肉票,买布要布票,买油要油票。在计划经济时代,生活物资都要发票供应,吃月饼也不例外。

1977年,我刚满六岁,那年的中秋节,村里给我们家发了三张月饼票,每张月饼票可以买两块月饼。中秋节那天,一想到马上就可以吃到那香甜可口的月饼时,我就兴奋得睡不着觉,一大早就从床上爬了起来。一吃完早饭,父亲就带着三张月饼票到公社去买月饼去了,整个上午,我都如坐针毡,盼望着父亲早早回来。

临近中午,终于盼来了父亲的身影,跟随父亲一起到来的还有他手里提着的六块月饼。见到月饼那一刻,我们一群小孩子都争先恐后地围了上去,眼馋得口水流了一地。中秋节晚上,终于等到了吃月饼的时刻,但突然发现一个问题,我们家小孩多,兄弟姐们共四个人,再加上爸爸妈妈,叔叔姑姑,爷爷奶奶,全家一共十个人。但月饼一共只有六块,十个人怎么分呢?正在我们一群小孩子一筹莫展的时候,还是爸爸想出了办法。

爸爸说:"爷爷奶奶是长辈,每人一块月饼。还剩下四块月饼,我们八个人每人分半块月饼,大家觉得怎么样?"听了爸爸的建议,我们大家都举双手赞成,纷纷为爸爸的这个分配方案叫好。

接下来,分配行动正式开始了。爸爸首先将两块完整的月饼送到爷爷奶奶面前,请他们尝尝一辈子都难得吃到的月饼的味道,并祝他们中秋节快乐。然后爸爸把剩下的四块月饼用刀一分为二,然后依次发给大家。当我领到我的半块月饼那一刻,我先用舌头舔了舔,真的是好香好甜啊,那半块月饼,我是舍不得马上吃掉的,我把那半块月饼悄悄的用纸包了起来,每天吃一点点,直到十天后,那半块月饼才被我吃完。

那年,靠着那半块月饼,我们全家度过了一个温馨难忘的中秋节。虽然现在吃月饼早已不是什么稀奇的事,各种口味各种包装的月饼我也吃了不少,但那年那半块月饼的味道,却永远的甜在我的记忆里。

过个"低碳年"

春节前陪老婆逛街,看着大街小巷来来往往为采购大鱼大肉而忙碌的人们,我不禁想,每年过年都大鱼大肉的,直吃得人发腻,年年如此,这年过得也太没新意了,能不能换个方式过年呢?在一旁的老婆笑道:那就过个低碳年吧,既环保,又健康。

"低碳年",老婆的话让我茅塞顿开。是啊,我怎么没想到呢,现在国家不是提倡环保低碳吗?过个低碳年,既时尚,又节约。我当即同意了老婆的建议,并为此做了低碳过年的一些计划。

大年三十那天,当别人正在为准备一大桌子的大鱼大肉而忙碌时,我家的"低碳年"也拉开了帷幕。一大早,老婆就骑着自行车去买菜了,和往年不一样的是,今年老婆一改专买大鱼大肉的习惯,而是精挑细选地买了几样小菜,装在了自家带去的菜篮子里,然后一路悠闲地骑回了家。而我,也没有在家闲着,我先是把香菇等用水泡一会,这样煮出来不仅美味,而且易熟,大大节约了煤气。泡过香菇的水我也没有浪费掉,而是就地取材用来洗菜,然后再留着晚上浇花用。简单的忙碌后,我家的年夜饭终于摆上了饭桌。我家的年夜饭就四菜一汤，没有一般家庭的大鱼大肉，也没有宾馆酒店里年夜饭的热闹气派，简简单单的几个菜，却吃出了健康快乐的味道。

吃过年夜饭，按照往年的习惯，我们一般都会买一大堆鞭炮在自家楼下放。放鞭炮，不仅噪音大，而且污染环境，甚至可能酿成火灾。而今年，我们没有买鞭炮，而是买回了许多的花草种在了阳台的花盆里，用一盆盆象征吉祥富贵的金桔、富贵竹等装点着自己的生活，期待着来年的日子越来越美好。

大年初一，是走亲访友联络感情的日子。这一天，我们没给朋友送烟送酒，而且一改平时开车出门的习惯，步行数里，为朋友们送去了运动俱乐部的门票。朋友们在收到祝福的同时，更为我们送出的这份特殊的礼物而感动。而我们步行给朋友们送礼物，不仅表达了对朋友的真诚的祝福，而且也锻炼了自己的身体。

低碳过年，虽然没有以往过年时的热闹和奢华，但却过出了环保，过出了健康，是我们家过的最难忘的一个新年。我们全家商定，明年过年的时候，我们还过"低碳年"。

百度自己

　　由于平时爱好写作，闲暇之余，总喜欢在网上用百度搜索自己的名字，看是否有文章发表。久而久之，便发现一个有趣的事，原来网上和自己同名同姓的人居然那么多，看着那一个个同样叫"蒋光平"的熟悉而又陌生的"自己"，直叫人觉得网络真是个神奇的东西。能在网上遇到另外一个"自己"也是种缘分，于是不禁对这些同名同姓的"自己"产生了兴趣，想看看网络中的另外一个"自己"到底在过什么样的生活。

　　在与我同名同姓的几十个人中，有男有女，有老有少，有的是著名中学的校长，有的是开服装店的个体老板，有的是机关单位领导干部，有的是在校的大学生，有的是建筑公司的项目经理，另外还有很多不能从网上直接辨别出职业和性别的"自己"。在这些"蒋光平"中，有的已经是资产上千万的公司老板，有的却是普通的基层打工者，有的是高级知识分子，有的却仅有小学文化学历。

　　看着这些来自不同地方，性别不同，年龄各异，贫富有别，工作迥异的"自己"，不禁让我心生许多感慨。不知道在这个世界上的另外一个

"自己",今天是否过得如意,他们是否知道,在这个世界上还有很多个和自己同名同姓的人,他们是否也曾在百度上搜索过自己的名字。也许我们这辈子都无缘和另外一个叫"蒋光平"的"自己"见面,但我觉得既然父母给我们取了同一个名字,那就是上天注定的缘分,父母给我们取名"光平",就是希望我们光明正大地做人,平平淡淡地过一生。

百度自己,其实也是在百度自己的另一种人生。不管今生能否和另外的"自己"相遇,惟愿天下和自己同名同姓的朋友岁月静好,现世安稳。

一包瓜子仁

　　大学的时候，我们一个宿舍共住五名同学。我们五个人分别来自不同的省份，有着不同的家庭背景。睡在我对面的大胖来自广东，父亲是当地有名的包工头，每月给大胖的零花钱就超过了我们一年的学费。剩下的几个人当中，有的来自教师家庭，有的来自工人家庭，也有的来自公务员家庭。睡在我下铺的勇子家在陕北农村，父母都是靠种田为生的农民。虽然我们几个人各自的地域和家庭背景都不一样，但我们却并没有因此而产生距离感。相反，我们却像一家人一样，团结互助，多次被评为先进宿舍。

　　大二那年寒假，刚刚过完春节的我们又要回校了。按照以往的惯例，我们每个人都要带一些家乡的特产到学校去和其他几个哥们一同分享。那年我照例带了几袋我们四川的张飞牛肉和一些豆腐干上路。一到宿舍才发现，好家伙，满满一宿舍都是好吃的，都快把宿舍开成杂货铺了。最夸张的要数大胖了，从广东拉了一车的特产来，光汽车的油钱就花了一千多。那晚，我们尽情地吃着、谈着。最热情的也要数大胖，给我们每人都发了一大袋的特产，有鲍鱼，也有糖果，更有些叫不出名来的稀奇古怪的东西。虽然我们带的比不上大胖的丰富，但我们也同样把自己带来的特产和大家分享着。

最后和大家分享礼物的是勇子。那天，勇子从一个帆布口袋里掏出了一个用报纸裹了一层又一层的小包裹。随着报纸一层层的撒开，最终露出了一小袋的瓜子仁。勇子有点难为情地说道："俺娘知道大家平时在生活上都很关照俺，但俺们那一年四季除了土豆还是土豆，实在拿不出什么像样的特产来。俺娘就把俺们家来年做种子用的瓜子给炒了，这些瓜子仁是俺娘用了三个晚上，一粒一粒地磕出来的。"见大家脸上有种为难的表情，勇子继续说道："放心吧，俺娘知道你们城里人讲卫生，这瓜子仁不是用嘴巴磕出来的呢，是俺娘戴着手套，一粒一粒地用钳子钳出来的。俺家的钳子不好使，俺娘为了磕这些瓜子仁，手都磨出了老茧，但俺娘说，只要大家爱吃，明年还为大家磕一大包来。"

那天，望着勇子带来的那包瓜子仁，大家都禁不住流下了泪来，谁都舍不得吃一粒，那袋瓜子仁后来被作为我们宿舍最贵重的礼物珍藏了起来。虽然大家都没有尝尝那瓜子仁的味道，但我们知道，那一定是天底下最美味的食物。因为那看似不起眼的小小的瓜子里，却饱含着一位母亲深深的爱啊！

收藏稿费单

有人喜欢收藏邮票，有人喜欢收藏古董，有人喜欢收藏钱币，而我却独爱收藏稿费单。

工作之余，我喜欢写点小文章向全国各地的报纸杂志投稿，并时常有"豆腐块"文章见诸报端，稿子发表了，经常会收到报纸杂志寄来的稿费单。每次收到稿费单时，都是我一天中最开心快乐的时候，不仅仅是因为收到稿费单意味着可以获得一笔额外的收入，更重要的是对自己写作能力的肯定，这证明自己熬更守夜写出来的文章获得了社会的认可。

每次收到全国各地报纸杂志寄来的稿费单，我都有一种莫名的兴奋和激动，那一张张浅绿色的稿费单，仿佛充满魔力一样，让我爱不释手，拿在手里就舍不得放下，真恨不得把它随时带在身边，没事的时候就拿出来摸一摸看一看。虽然我不是大作家，但这些稿费单却让自己获得了写作的成就感和充实感。

稿费单一般是通过邮局汇款的形式寄送的，一般取款的周期是两个月，如果两个月内稿费未被领取的话，稿费是要被退回去的，所以，每次有稿费单寄来,我都会在稿费到期前一天才恋恋不舍的到邮局去把它取出来。但到邮局取稿费不仅麻烦,而且稿费单是要被没收的,这让喜欢收藏稿费单的我很不是滋味,于是每次取稿费前,我都会把稿费单复印一份,留着纪念,没事的时候拿出来翻翻,过一下手瘾。当时我就想,要是既能不没收稿费单,又能轻松的把稿费给取出来那就好了。

后来,听文友说可以在手机上下载个邮政银行的APP,这样不仅可以坐在家里轻松的取出稿费单里的稿费,而且还可以让稿费单不被邮局没收。听文友这么一说,我就迫不及待的下载了个邮政银行的手机APP,按照文友的方法一试,果然轻松的取出了稿费,不仅不用亲自跑邮局,而且还可以保留稿费单的样本,这让我有种说不出的喜悦。

自从可以通过手机在网上银行取稿费后,我就逐渐养成了收藏稿费单的习惯。我把已经取出稿费的稿费单按照一定的顺序排列好,然后用个夹子整齐的收集起来。随着我发表的文章越来越多,稿费单也如雪花般从全国各地纷纷寄来,短短一年时间,我已经收到了全国三百多家报纸杂志寄来的五百多张稿费单,总收入近三万元,这些稿费单放在一起足足有二十多公分厚。看着那厚厚的一叠稿费单,我的心里就有一种莫名的成就感,觉得自己一年来的辛苦努力没有白费。

如今,爱好写作的我,始终还保留着收藏稿费单的习惯,因为在那厚厚的稿费单里,不仅看到了曾经努力奋进的自己,更有我埋藏多年的梦想。

带份愉悦开车

去年，妻子通过考试终于如愿拿到了梦寐以求的驾照，为方便妻子上下班和接送孩子，我们家在春节的时候给妻子买了辆雪佛兰来代步。刚刚成为有车一族的妻子，脸上顿时变得阳光灿烂起来，对我越来越温柔体贴，连平时都是我做的家务也很少让我动手了。看着如沐春风般的妻子，我想这车虽花了不少钱，但买的真值。

但好景不长，大约买车三个月后，我发现妻子的脾气变大了，动不动就对家人发火，开始我以为是妻子工作压力太大，又要照顾家里的缘故，可能是太累了，等过几天就好了。但后来妻子的脾气不仅没变小，反而越来越大。有次乘妻子的车去上班时，前面的车开得太慢，妻子突然就在车里大骂起来，恨不得下车去打对方几拳。看着眼前几乎陌生的妻子，我的心里既震惊又难过，我不明白，短短几个月时间，以前那个知书识礼，温柔体贴的妻子怎么变成了现在这个蛮不讲理脾气暴躁的人。

一天同学聚会，我把妻子最近的变化说给了一位学心理学的朋友听。朋友听后哈哈大笑道：又来了一个"路怒症"患者。什么是"路怒症"？

我疑惑地问道。见我不解，朋友进一步说道："路怒症"是一种驾车引发的情绪冲突而导致的阵发性暴怒障碍。朋友说，开车人操控的是机械，与在地上行走的人相比，容易产生心理成就感，这种感觉一旦被破坏，如遇红灯，堵车，行人违规等就会产生一种反攻心理，通过骂粗口，甚至打人来宣泄不良情绪。听了朋友的话，我终于知道为什么自从买车后妻子竟发生了这么大的变化了。最后朋友说，治疗"路怒症"首先要"自防"，不要带着不良情绪上路。而轻音乐容易使人产生愉悦情绪，应该让患者多听一些轻音乐。

那天，听了朋友的话，我当即买回了一些轻音乐的CD，每天早上比妻子先起床，然后在卧室里放给妻子听。这样一来，妻子一起床就可以沐浴在优美的旋律之中，心情豁然开朗，迎着晨光开车上班时，心情也愉悦起来。

后来，我渐渐地从妻子的身上看到了一个可喜的变化，以前那个温文尔雅，温柔体贴的妻子又重新回到了身边。现在，无论多忙，每天早上我都会为妻子放上几曲柔和的音乐，让妻子带着份愉悦开车。

在古诗中约会春天

"忽如一夜春风来，千树万树梨花开。"四季轮回，转眼间不知不觉已到了春天，此时，万物复苏，鸟语花香。捧一本《唐诗宋词》，于春暖花开的午后，泡一杯香茗，细细地品读古诗中那些描写春天的优美诗句，确实是人生中难得的乐事。

"竹外桃花三两枝，春江水暖鸭先知。蒌蒿满地芦芽短，正是河豚欲上时。"苏轼的这首《惠崇春江晚景》描绘了早春生机勃勃的景象。作者仅用桃花初放、江暖鸭嬉、芦芽短嫩等寥寥几笔，就勾勒出了早春江景的优美画境。尤其令人叫绝的是"春江水暖鸭先知"这一句，他把画家没法画出来的水温冷暖，描绘得如此富有情趣、美妙传神。难怪它能作为一首人人喜爱的名诗而传诵至今！

"天街小雨润如酥，草色遥看近却无。最是一年春好处，绝胜烟柳满皇都。"韩愈的这首《早春呈水部张十八员外》同样是描写早春的一首名诗。很喜欢韩愈的这首小诗，尤其那句"草色遥看近却无"，写出了一种常人所不曾想象的早春景象，一片片野草沾了春雨之后，远看似是泛起了绿色，可近看却又什么都没有，描画出了初春小草沾雨后的那种朦胧美。仿佛一幅给了人们以春的希望的淡绿山水画。

　　如果说早春给人以惊喜，那么盛春则给人以兴奋。盛春时节那种浩浩的春风，蒙蒙的春雨，浓浓的春水，一起很快地掀开了春天的帷幕，无限的春色一起涌向大地。"胜日寻芳泗水滨，无边光景一时新。等闲识得东风面，万紫千红总是春。"宋代朱熹的《春日》呈现出蓬蓬勃勃的春天里一片欣欣向荣的景象。"东城渐觉风光好，縠皱波纹迎客棹。绿杨烟外晓寒轻，红杏枝头春意闹。浮生长恨欢娱少，肯爱千金轻一笑，为君持酒劝斜阳，且向花间留晚照。"宋代诗人宋祁的这首《玉楼春》巧用一个"闹"字，化动为静，把春色拟人化，描写出了盛春时节，枝头上的杏花争奇斗艳竞相开放的热闹场面。

　　春天虽然美好，但美好的事物总有消逝的一天。暮春三月春将归去，引起了人们无限惋惜和依恋之情，一种淡淡的感伤之情弥漫在整个暮春诗中。"草木知春不久归，百般红紫斗芳菲。杨花榆荚无才思，惟解漫天作雪飞。"韩愈的《晚春》写出了暮春时节人们不愿春天归去的一种依依不舍之情。"一曲新词酒一杯，去年天气旧亭台，夕阳西下几时回？无可奈何花落去，似曾相识燕归来，小园香径独徘徊。"宋朝晏殊的《浣溪沙》表达的则是对春天即将离去时的那种无可奈何的感伤之情。

　　在古诗中约会春天，不知不觉，心灵仿佛闻到了春天的气息。在一首首古诗中，静静地守望春暖花开。

老总秘书

马强大学上的是中文系，平时喜欢涂涂鸦，写写小文章什么的，不时会有一两块"豆腐干"文章发表。大学四年下来，马强已经是整个校园小有名气的"作家"了，发表的"豆腐干"文章也足足有一大捆，而且还顺利地加入了市作家协会。大学毕业时，当其他同学都还在为找工作而苦苦奔波时，马强却凭借在报刊上发表了许多文章的优势被一家大公司的老总看中，几乎没费什么力气便成了人人羡慕的白领。这些都让马强感到无比的骄傲。

在公司里，马强认识了一个叫唐伟的人。和马强一样，唐伟也是一个文学爱好者，并且也是因为同样的原因而被老总一眼看中选进公司的。听说老总之所以要选两个人进入公司就是想在他们中培养一个人成为将来的老总秘书。马强想，老总秘书，多么诱人的职位啊！要是能当上老总秘书，那自己的未来可谓前途似锦啊！

可面对唐伟时，马强以前在学校里有的那点骄傲顿时荡然无存。唐伟是一个非常有才华的人，不仅是市作家协会的会员，而且还写得一手好字，曾经在多次征文比赛中获过大奖。但马强不愿白白放弃这一次难得的机会，便在心里暗暗地较上了劲，"一定不能输给唐伟"。

碰巧，一家杂志社正在举行一次影响空前的征文比赛，唐伟已经写好一篇文章寄了过去，知道此消息后，不甘示弱的马强经过两个通宵的挑灯夜战，也把稿子投了过去。很幸运地，半个月后，他们的稿子都被采用了，刊载在了同一期的杂志上。这次征文比赛的结果采用读者投票的方式决定，杂志社在每篇作品的后面都用阿拉伯数字标明了作品的投票代码，读者只需将自己喜欢的作品的代码用手机短信的方式发送过去便可以了，比赛结果将在一周后公布。

两天后，老总把他们俩叫到了自己的办公室，证实了前段时间流传的想从他们中间挑选一个做自己秘书的传言，这让马强和唐伟都很激动。不知老总是怎么知道他们俩都参加了杂志社的征文比赛的，最后老总说，"既然你们俩都是写作高手，也都非常的优秀，一时间我也很难取舍，不如这样吧，你们俩不是在参加一个征文比赛吗？听说选票都是由读者选出，我相信这更能体现公平。到时你们俩如果哪个的选票多，我就录用谁，你们看怎么样？"听了老总的话，最后两人都只得点头应允。

回到家，马强感到如坐针毡。他知道唐伟的实力。他看过唐伟的那篇文章，确实要比自己的那篇略胜一筹。但他不愿意就这样的轻易放弃。整个晚上，他彻夜未眠。

第二天，马强花了近两个月的工资请了自己小学、中学、大学的所有能联系到的同学及一切亲朋好友。他要他们帮个小忙，就是让他们自己及身边的一切亲朋好友每人用手机帮他发一条短信。

一周后，征文比赛的投票结果揭晓，马强的票数远远高于唐伟。

一个月后，马强当上了老总的秘书。

地笼捕鱼乐趣多

我这个人，不打牌不喝酒，平时没什么其他爱好，就是喜欢用地笼在家门口的小河边抓抓鱼虾，捉捉螃蟹，以此打发无聊的空闲时间。

用地笼捕鱼，是我从小就学会的一种捕鱼方法。地笼是我们农村一种常见的捕鱼工具，因其操作简单，捕鱼效果好，很受大家的欢迎。小时候一放学，我们一群小伙伴把书包往桌上一扔，便马上拿着家里的地笼朝家门口的小河边飞奔而去，然后迅速地打开地笼，投入饵料，再把地笼往小河里一扔，然后一路欢笑着回家去，静待着第二天的大丰收。第二天一大早，我们又成群结队的跑到河边，把自己的地笼从河里捞起来。

那时候家乡小河的鱼类资源丰富，每次收地笼时，必是收获满满。正是这些地笼，给我们这些农村孩子的童年带来无限欢乐的同时，还在那个物资贫乏的年代，丰富了我们的餐桌，带给了我们难得的美味。只是后来，随着河水污染越来越严重，河里的鱼虾也越来越少了，用地笼捕鱼的人渐渐地也少了。

后来，随着大家环保意识的加强，再加上政府治理得力，以前污染严重的小河又恢复了往日的清澈，鱼虾也多了起来，用地笼捕鱼的人也越来越多了。为了找回童年的记忆，前不久，我在网上购买了一个小地笼，用于捕捉小河小溪里的小鱼虾。地笼刚一到家，八岁的儿子就迫不及待地要我带他到家门口的小河边放地笼抓鱼虾。禁不住儿子的软磨硬泡，吃过晚饭，拿上地笼，我们一路欢快地朝家门口的小河边跑去。

儿子以前一直没见过地笼，对眼前这个新鲜玩意表现出了浓厚的兴趣，小家伙想看看这个其貌不扬的地笼，是如何捕到鱼的。一到河边，我先把地笼打开，系上绳子，然后放入事先准备好的饵料，然后用力地把地笼往河里一扔，等地笼沉到底后，我再把绳子系在岸边的杂草从里，防止有人发现绳子后把地笼偷走。看完我的操作过程，儿子觉得很新奇，不停地问："爸爸，地笼捕鱼这么简单吗，这样真的能捕到鱼吗？"看儿子一脸疑惑的表情，我一脸神秘地告诉他，能不能捕到鱼，我们明天一大早来看看不就知道咯。

第二天天刚亮，平时爱赖床的儿子却一改睡懒觉的习惯，一大早就要我带他去收地笼，想看看到底有没什么收获。一到小河边，发现我们昨天系在草丛中的绳子还在，此时儿子早已按捺不住激动的心情，飞奔过去拿起绳子就往岸上拉。随着地笼逐渐浮出水面，里面的鱼虾拼命地在翻腾着，看到这一幕，儿子已经兴奋得手舞足蹈。这一网，我们足足捕捉到了三斤鱼虾，可谓收获满满。此时儿子也对我的捕鱼技术佩服不已。

那天早上，用这刚刚捕捉到的新鲜鱼虾，我们一家人大快朵颐的来了顿鱼虾宴。

后来，每隔三五天，我们都会去小河边放一次地笼，用地笼捕鱼，不仅找回了童年的乐趣，调节了生活，而且也改善了餐桌的营养搭配，饱了口福，真可谓一举多得啊。

父亲的收藏

在我的家里，保存着父亲收藏的数十张邓小平同志的画像及与小平同志有关的各类书籍和影像资料，这些都是父亲花了大半辈子时间千辛万苦收集起来的宝贝，对父亲来说，弥足珍贵。

父亲出生于1946年，经历过三年自然灾害和"文化大革命"，从小吃不饱穿不暖的父亲，最盼望的就是过年，因为过年那天，父亲才能吃上一顿饱饭，如果年份好的话，也许还有二两肉可以吃。因为家里穷，父亲到了三十多岁还是单身，这可急坏了一心想抱孙子的奶奶。后来，吃尽苦头的父亲，终于盼来了改革开放的春风，靠着自己勤劳吃苦的劲头，日子渐渐地有了较大的改善，再后来，头脑灵活的父亲又承包了村里的鱼塘，搞起了大棚蔬菜，还跑起了运输。很快，父亲就成了村里第一个万元户，此时，父亲便成了远近闻名的致富榜样，给父亲说媒的人也排成了长队，后来，父亲却对母亲一见钟情，并很快举行了婚礼。

逐渐富起来了的父亲，并没有忘记还处在贫困线下的乡亲们。父亲常说，我今天能过上这么好的日子，最最应该感谢的人就是邓小平他老人家。要不是邓小平他老人家搞改革开放,我怕这辈子也不可能过这么好的日子啊,但一人富不算富,要大家都富起来才叫真正的富啊,所以,我要让乡亲们也富起来,只有大家都富了,这才是对小平他老人家最好的报答。在父亲的带领下,村里的万元户逐渐多了起来,不到五年,基本上家家户户都买上了电视机,有的家庭甚至还买上了摩托车,大伙都说,能过上今天的好日子,还得多感谢父亲带领大家共同致富啊!面对乡亲们的感谢,父亲总是乐呵呵地说,不要感谢我,要谢就谢邓小平他老人家吧,要不是他,我们大家现在都还在挨饿呢。

正因为父亲对小平同志的无限崇敬之情,不知什么时候开始,父亲逐渐萌生了收集小平同志画像及书籍的爱好。记得父亲收藏第一幅小平同志的画像是我读小学五年级的时候。那天,当我放学回到家中时,抬头看见堂屋里的墙壁上突然多了一幅画像,当时我还不知道画像上的人是谁,我便指着墙上的画像问父亲:"爸爸,这个老人家是谁啊?"父亲一脸崇敬地说:"他就是邓小平爷爷啊!是他实行改革开放带领大家致富的,要不是他,我们大家都还在饿肚子呢,他可是我们广安人的老乡哦,是我们广安人的骄傲啊!"那天,是我第一次看见小平同志的画像,当时我想,这个老人家可真是了不起,我的父亲只能带领全村的人致富,而他却可以带领全国的人民致富,我想,他的本事可真大啊!

自从父亲迷上收藏后,家里小平同志的画像就逐渐多了起来,有时一年就会增添好几张,到现在,家里总共收藏了几十张小平同志不同时期,不同背景下的画像,把家里的堂屋挂得满满的,这些都是父亲花费大量的时间和精力千辛万苦收集起来的,对父亲来说,简直是无价之宝。后来,父亲不仅收集小平同志的画像,而且也收集与小平同志有关的书籍和影像资料,父亲没事的时候就把这些书籍和影像拿来学习,进而对小平同志的一生有了更全面深入的了解。

1997年2月19日,对父亲来说,应该是终生难忘的一天。那天,当小平同志不幸逝世的噩耗传来时，父亲站在小平同志的画像面前，泪流满面，在我的记忆里，父亲从来没有这么悲伤过。很多听此噩耗的村民也纷纷来到我家的堂屋，在小平同志的画像面前，深深地鞠上一躬，表达内心的无限悲伤和怀念之情。

如今，小平同志已经离开我们很多年了，但父亲爱好收藏小平同志画像及书籍这一爱好却并没有改变。很多时候，父亲都会把我们带到他的"红色纪念馆"里，教我们如何欣赏、体味这些"红色"藏品，向我们讲述小平同志波澜壮阔的一生。父亲还告诉我们，他很想在学校或者社区举办"红色"物品展，让更多的人走进那段激情燃烧的岁月，真正体味出幸福生活的来之不易。每每这时，父亲总是眼色发亮，神情激动……

拜年

林浩是某国有大型煤矿的矿长，前几年，靠着煤炭行业黄金十年的良好外部环境，煤矿企业的日子是越过越滋润，作为大型国有煤矿矿长的林浩，自然成了许多人羡慕的对象。平时无论走到哪里，都会被人前呼后拥地巴结着，尤其是每年过年的时候，林浩的家门更是被拜年送礼的人给踏破了，虽然林浩在会上三令五申地明确要求下属在过年过节时不准给领导拜年送礼，但每年过年，登门拜访的人还是络绎不绝。俗话说伸手不打笑脸人，人家新年第一天来给你拜年，你总不可能把人家赶走吧，对此，林浩既头疼却又无奈。

在每年新年众多的拜年者中，有一个人必定会带着自己家的小狗准时来到林浩的家，给林浩送上一大包喜欢的茶叶、香烟等物品，这个人就是煤矿劳资科科长刘琳，每年过年，只要林浩听到刘琳家的小狗雪儿的叫声，就知道一定是刘琳来给自己拜年了。刘琳原是煤矿的一名小小技术员，但这小子深谙人情世故，尤其善于跟领导搞好关系，深受矿长林浩的器重，没几年，就由技术员升到了劳资科长的位置，一年拿着十几万的薪水，日子过得有滋有味。后来，为了方便串门，日子逐渐滋润起来的刘琳干脆把房子买到了林浩的同一个小区。这样，林浩和刘琳在工作上不仅是上下级关系，而且在生活中更成为了邻居，两人的关系自然是好得没话说。

　　年初，由于安全管理工作抓得不牢固，矿上发生了一起透水事故，共造成四名矿工死亡，多名矿工受伤。作为煤矿企业，最怕的就是发生安全事故，如今一连死了四个人，作为煤矿安全生产第一责任人的林浩自然是难辞其咎。很快，对林浩的处理决定下来了，免去其煤矿矿长的职务，并依法追究其相关责任，最终林浩由于其失职导致安全事故的发生，被法院判处有期徒刑一年，缓刑一年。不当矿长的林浩，自然少了许多的应酬和关注。这一年，林浩的情绪低落到了谷底，从以前当矿长时处处受人尊敬，到如今人人见着他便躲着走，林浩仿佛经历了人生的过山车，短短时间尝尽了人间的人情冷暖。转眼，一年的时间马上就过去了，又到了新年拜年的时候了。和往年这个时候的门庭若市相比，今年林浩的家明显冷清了很多，眼看马上到吃中午饭的时间了，家里连一个以前的同事都没来，这让林浩感到非常的失望，但林浩并没有绝望。林浩想，即使以前的同事一个都不来，但至少有一个人应该来吧，这个人就是刘琳。自己以前当矿长时，可没少关照他啊，而且现在又是邻居，林浩想，刘琳一定会来拜年的，对此，林浩很有信心，林浩叫老伴多弄几个菜，说中午要和刘琳好好地喝几杯。

　　可左等右盼，都快中午两点了，还不见刘琳的踪影，老伴说，别等了，我看刘琳是不会来了，现在这社会，真是人情如纸张张薄啊！老伴的话还没说完，林浩突然听到门外有小狗的叫声，林浩想，一定是刘琳来了，难得这小子还没忘了这么多年的交情。林浩迫不及待地跑去开了门，可门外站着的除了刘琳家的小狗雪儿外，却空无一人。看着依然热情欢乐的雪儿，林浩突然感觉眼角有种东西在滑落。

我用稿费游世界

　　一直以来，我都有个环游世界的梦想。但作为一个普通的工薪阶层来说，要想环游世界谈何容易，首先得有时间，其次要有一定的经济支撑才行。作为一名中学教师的我，时间基本上不是问题，每年三个月的寒暑假足以让我走遍世界上的大多数国家。但每个月仅有的一点工资除了吃穿用度外，基本上没有剩余。但人总得有点梦想，万一实现了呢？环游世界的梦想一直深埋在我的心中，但我不想它仅仅是梦想，而是有一天能成为现实。

　　作为一名中学语文教师，我平时没什么其他爱好，就是爱写点小文章，闲暇的时候喜欢游山玩水到处走走。为了实现我环游世界到处走走的梦想，早在十年前，我就给自己定了个小目标，那就是用稿费来作为旅费，实现环游世界的梦想。

　　第一年，我给自己定了发表文章一百篇，稿费收入至少三千元的目标。因为是确定写作目标的第一年，我给自己定的要求并不高，稍微努力下还是能实现的，因为旅游基金有限，我第一年的旅游目的地没有选择出国，而是定在一直想去的华东五省游。有了目标后，我的写作热情大增，基本上每两天就写一篇文章，随着写的稿子越来越多，发表的文章也越来越多，稿费单也源源不断地飞来，每当收到稿费单时，就是我一天中最开心快乐的时刻，虽然每张稿费单的金额并不高，有的只有二三十元，但我都把它们好好的保存了起来，因为我知道，我离自己的梦想又进了一步。

经过一年的不断努力，到年终时，我发表的文章居然有一百五十篇，稿费收入也接近五千元，远远超过了我原来的预定目标，这更坚定了我靠写作实现旅游梦想的信心和决心。放寒假的时候，带着辛苦一年赚来的五千元稿费，我踏上了开往华东五省的列车，来了一次说走就走的旅行。

有了第一年的成功经验后，第二年我的写作热情更是高涨，写作的水平也得到了较大的提升，发表的文章也越来越多。这一年，我给自己定了发表文章两百篇，稿费收入八千元，去新马泰旅游的目标。后来，经过一年的努力，我的这个小目标又得以圆满地实现了。

后面几年，我一直没有放弃用稿费环游世界的梦想，坚持笔耕不辍，发表的文章越来越多，稿费收入也大大地增加。这几年，我先后去过新马泰等东南亚大多数国家，去过南非、北欧、南美等地，在撒哈拉看过日出，也曾在夏威夷看过星星。在异域的日子里，经历过千辛万险，但我一直没后悔当初环游世界的决定。俗话说读万卷书，行万里路，环游世界的经历，极大地丰富了我的阅历，开阔了我的视野，同时也促进了我写作水平的进一步提升。写作和旅行，已经成了我生活中两件密不可分极其重要的事情，两者之间，相互促进，相得益彰。

人生有梦书相伴

爱好读书，是从小就养成的习惯，也可说是个嗜好吧，就像有的人爱好抽烟，有的人爱好喝酒一样，我却对读书情有独钟。

最初对书感兴趣是读小学三年级的时候。那天，我去同学家玩，无意间看到他家的大书架上摆了满满一书架的书，那是我长那么大第一次看到如此多的书。我好奇地朝书架上张望，突然间，我不禁对书架上的一些小人书产生了兴趣，一本本拿在手里就舍不得放下。同学的父亲见我看得如此的投入，说如果我想看的话以后有空都可以去他那里看。那一次的偶然看书经历让我知道了对一个不满九岁的孩子来说，除了一天在草堆里跑着疯玩以外，还有个更好的去处，那就是同学家的那个大大的书架。可好景不长，同学的父亲不知什么原因被拉上街批斗去了，家被抄了，那个大大的书架也被砸得面目全非，书架上的书更是不知去向，也许早就变成了人家点火做饭的燃料而化为灰烬了吧，为此我还伤伤心心地大哭了一场。尽管这么多年过去了，但我仍忘不了同学家那高高的书架，总会在梦中想起曾经多年前有个小男孩在那书架下面痴痴地看书的情景。

　　真正激发我产生读书愿望的是高中时的一位女同学。她学习成绩特好，长得又漂亮。一直以来，我都对她有种说不出的特别感觉。那时我特贪玩，根本就没想过要坐下来读几本课外书。那是一个冬天下着大雪的午后，我去教室拿围巾，看见她正一个人坐在教室里读《红楼梦》，外面的雪花扑打在窗上，她的神情专注而出神。一瞬间，这种静美的情景深深地触动了我的心，于是便决心去读书。此时此刻，我便觉得读书的人是世上最美丽的人。

　　那时穷，父母给我的那点钱除了维持基本的生活外基本上没有什么剩余了，书是买不起的。不过买不起书也没什么要紧的，对一个真正爱书的人来说，要想读书的话办法总是有的。借书是最直接也是最简单的办法。记得高中三年，我借书最多的人就是那位女同学了，她也非常的慷慨，面对我的借书请求，她总是有求必应。基本上她读过的书我都一本不落地读了，甚至她没读的书我也读了不少。常常地，我们会为书中某个人物的命运嘘唏不已，为某段精彩的对话感慨万千，现在回想起来，高中三年应该是我读书生涯中过得最快乐也是最难忘的一段时光了，因为除了书以外，还有值得我无比珍惜的一段青春的记忆。

　　上大学后，读书的条件更是好了不知多少倍。学校图书馆里的书浩如烟海，此时，只要你静下心来读，总会有所收获的。大学四年，我一直是图书馆的常客，读书笔记更是做了满满的几大本，现在工作中用到的许多知识都是在大学的图书馆里积聚起来的。

　　读书是一辈子的事，即使现在远离校园，我也没有放弃对书的眷恋。我一直认为，有书可读的日子是世间最快乐的日子。读书使人明智，读书使人聪慧，读书使人豁达。高尔基说，书籍是全世界的营养品，读书更能使人美容。对我等这样的书虫来说，可三天无肉，却不可一日无书也。有书可读的人，应该是世间最快乐的人吧！

遇见更好的自己（后记）

　　一直以来，对文字都有种痴迷的热爱。从 2002 年读大一时发表第一篇文章开始，坚持写作十多年来，已陆续在《人民日报》《人民文学》《南方日报》《新民晚报》等各级报纸杂志发表文章千余篇，累计发表三十余万字。期间加入了省市作家协会，有多篇文章获得省市级政府奖励并被收入各类选本和中学语文课外阅读教材，另外有多篇文章被设计成中学语文阅读试题。

　　回首自己十多年来的写作路，有艰辛坎坷，也有收获与幸福。为了总结过去，鞭策自己在写作这条道路上更好的前行，我精选了十多年来在各级报纸杂志发表的八十三篇文章编辑成册，算是对自己这十多年来写作生涯的一个小结。

　　《让梦想开花》是我的第一本散文集，全书共分为"恋恋红尘""围城内外""心灵感悟""流年碎影""谈指吮食""无关风月"六个章节。本书所选的文章语言朴实无华，但内容生动感人，每篇文章都融入了我的情感和心血，具有一定的思想性和趣味性。这本书，既可以是广大读者茶余饭后休闲娱乐时的随手读物，也可以是初学写作者学习参考的课外读本，对喜欢写作想发表文章的朋友具有一定的指导作用。

感恩文字，能够让我们的思想和情感通过书本的形式保存下来，同时也感谢那个十多年来坚持写作的自己，是我的坚持和勤奋，让自己在文字里找到了心灵的归属。不管以后有多少风风雨雨，在写作这条道路上，我将一往无前地继续走下去，只为在春暖花开的时候，遇见那个更好的自己。